U0140509

诗经名物志

林赶秋　著

成都时代出版社
CHENGDU TIMES PRESS

图书在版编目（CIP）数据

诗经名物志 / 林赶秋著. -- 成都 ： 成都时代出版社，2023.9
ISBN 978-7-5464-3227-4

Ⅰ. ①诗… Ⅱ. ①林… Ⅲ. ①散文集－中国－当代 Ⅳ. ①I267

中国国家版本馆CIP数据核字(2023)第080773号

诗经名物志
SHIJING MINGWU ZHI

林赶秋　著

出 品 人	达　海	
责任编辑	李　佳	
责任校对	陈　胤	
责任印制	黄　鑫　陈淑雨	
封面设计	郁佳欣	
装帧设计	原创动力	

出版发行	成都时代出版社
电　　话	（028）86742352（编辑部）
	（028）86615250（发行部）
印　　刷	成都博瑞印务有限公司
规　　格	140mm×210mm
印　　张	9.5
字　　数	200千
版　　次	2023年9月第1版
印　　次	2023年9月第1次印刷
书　　号	ISBN 978-7-5464-3227-4
定　　价	78.00元

目 录

《诗经》里的动物

肆

目　录

《诗经》里的植物 伍

《诗经》里的器物

消解乡愁的容器

安于故土，不愿轻易迁居他乡，自古以来，就是人之常情。比起安业居家，离乡背井的日子肯定不是什么好滋味。且不论那些孤立无援、左支右绌的一时之难，单单是偶然间冒出的乡愁就够你消受了。

三千烦恼之中，要数"乡愁"最难排遣。因它是一种综合的相思，对乡邦，对家人，也对往昔静好的生活。有时候，无须身处异域，在漫长的行旅途中就会泛起无形而又无法承受的乡愁。比如《诗经·周南·卷耳》里的这位贵族男子，乘着快马，带着仆从，经过一个又一个山头，渐行渐远，终于人困马乏，想起家来。此时，兴许妻子也无心采摘卷耳草，放下了箩筐，正向着他离开的大路尽头眺望。此刻，他却站在无名的高冈之上，巴巴望向有着家乡的那方。双眼欲穿啊，仍不见彼此。何以解忧啊，唯有杜康！

"陟彼崔嵬，我马虺隤。我姑酌彼金罍，维以不永怀。陟彼高冈，我马玄黄。我姑酌彼兕觥，维以不永伤。"登上崔嵬的高冈，我的马儿已累得够呛，我只好取出酒器，自斟独酌，借以消解思乡的忧伤。金指饰金青铜，罍音"雷"，是一种盛行于商周时期的容器，用以装酒或水。外形似壶，或圆或方，小口、广肩、深腹、圈足，有盖，肩部有两环耳，腹下又有一鼻。《韩诗》曰："金罍，大器也。"大的金罍可以装一斛酒水，也就是十斗。回归中国不久的"皿方罍"，其体量亦不小。觥音"宫"，乃青铜所制，盛行于商代及西周初期。器腹椭圆，有流（壶嘴）和鋬（提手），底部照样有圈足。有兽头形器盖，也有整器作兽形的，并附有小勺。所谓兕觥，则不同于此。《说文解字》曰："觵，兕牛角可以饮者也。"觵即兕觥，"觥"是"觵"的俗写。范成大《桂海虞衡志》亦云："牛角杯：海旁人截牛角，令平，以饮酒，亦古兕觥遗意。"兕即犀，兕觥最初只是掏空并打磨整个犀牛角而做成的酒杯，容量大的可至"五升"（说见《韩诗》）。所以，王国维说："觥者，光也，充也，廓也，皆大之意。"后来，才有了拿青铜仿造的兕觥，如山西石楼出土的龙形觥。

不管是犀角形的青铜觥，还是原始的牛角杯，都呈自然弯曲之状，故《诗经》不止一次提到"兕觥其觩"（《说文解字》引作"兕觵其觓"，觓者曲也）。二者跟金罍一样，皆非寻常百姓所能轻易得到而使用。不像乡愁，无论显人晦士，抑或贫民富翁，一旦暌违乡土，均能感知。《卷耳》的男主——"我"乍离故土，遂开始思乡怀人，不知不觉，哀愁已悄悄袭上心头……如何是好？姑且从金罍中频频酌取美酒，倒入兕觥，务求一醉，暂忘一切。虽然有足够多的酒可以剧饮，但毕竟风尘仆仆苦旅在外，不能与你同销这万古之愁，又该如何是好？无它，只因这愁里也满含着对你的无边思念。

绽放发梢的牙雕

柏拉图曾定义：人是二足无毛的动物。这定义出了名，第欧根尼就带了一只拔光羽毛的鸡到讲学的地方，笑称："这就是柏拉图的'人'。"结果，该定义又补了一个前缀："扁平趾甲的"。这蜚声中外的段子很可能是编造的。但饶有风趣的是，《荀子》一句"人之所以为人者，非特以二足而无毛也，以其有辨也"，反倒像在帮第欧根尼说话。其实，人体大多数的部位都长着毛，而其中最美最吸睛的要算头毛，先民美其名曰"发"。古老的《诗经》就不乏赞扬头发的章句，《陈风·泽陂》里"有美一人，硕大且卷"，"卷"通"鬈"，此处是形容男性鬈发之美；到了《小雅·都人士》里，"卷"字描述的又是贵家小姐的秀发，诗人唯恐不足，又补了一个后缀——"如虿"，美女鬈发长而卷，恰若修长上翘的虿尾。

倘你以为"卷发如虿"已属《诗经》时代最时尚的发型，那真太小瞧古人了。早在新石器时代，便已流行骨簪、玉簪、玉发箍等固定发式或美发的用品。1959年在山东大汶口遗址出土的镂雕旋纹象牙梳，距今已四千余载。此梳长16.2厘米，背厚齿薄，整体略呈长方形。梳身中部用平行的三行条孔镂雕出类似"S"字形或"8"字形的图案，内填

诗经名物志

"T"字形花纹，下端共有15道（不算两边）细密的梳齿。与此同时同地，还发现了象牙筒，可能是装梳子的用具。这种象牙梳，《诗经》曾屡次提及。《鄘风·君子偕老》咏叹道："鬒发如云，不屑髢也。玉之瑱也，象之揥也，扬且之皙也。胡然而天也？胡然而帝也？"那位将和君子白首偕老的女儿啊，头发稠密乌黑就像雨云，根本不屑用假发来装点。两鬓之旁垂着玉瑱（冠冕两侧的垂玉，用丝绳系着，用以塞耳止听），与发上插着的象揥相互辉映，额头方正而白皙，莫非尘世出天仙？莫非帝子降凡间？揥音"替"，象揥就是象牙梳，既可用以搔发，亦可用来绾发，后世妇女发间的篦子，今天那种有梳齿的发卡，无疑均为象揥之支与流裔。

说"象之揥也"插于发间，可不是任意胡诌，有《魏风·葛屦》的妙句作证："好人提提……佩其象揥。"一个佩字，足以透露个中消息。清代学者顾栋高《毛诗类释》诠解得更加清楚："搔首之揥，因以为饰者，若今之篦儿也。"

《礼记·玉藻》的记载也同样是《诗经》人物的护发方式："沐稷而靧粱，栉用樿栉，发晞用象栉。"以淘稷米之水洗发，湿发拿白木梳梳理，头发干后乃用象牙梳梳理。梳后将象栉插入发髻，便成了漂亮的象揥。

绝响千年的人籁

在暮春的夜里失眠，窗外，潮汐般的风鸣，婴啼似的猫叫，会混响出一种寂静之美。庄子妙论地籁，欧阳修巧赋秋声，都可以移来摹写这春风最后的沉醉与抑扬。

但你一旦听惯了人籁的音响，未必有兴趣再去侧耳领味地籁的旋律。何谓人籁？简而言之，就是演奏乐器所发出的声音；细而分之，便有金、石、丝、竹、匏、土、革、木等"八音"。八音能谐，毋相夺伦，神人以和。这是古人对音乐的终极追求，《诗经》原也不过是配合这交响乐曲演唱的歌本而已。《小雅·鼓钟》最末一章云："鼓钟钦钦，鼓瑟鼓琴，笙磬同音，以雅以南，以籥不僭。"敲响编钟铿铿锵锵，伴奏着悠扬的琴瑟，笙磬的乐音如此谐和，唱起《二雅》与《二南》（一说，雅是纽钟，南是镈，均为乐器），籥管齐吹协调着节拍。同音、不僭即"八音能谐，毋相夺伦"，钟、瑟、琴、笙、磬、籥则全为乐器。前四样大家都比较熟悉，这里只重点介绍后两种。

磬，用石或玉制成，雕有纹饰，拱如马鞍，有孔穿绳索悬于架上，击之而鸣。商代已有单一的特磬和三个一组的编磬，周代常见十几个大小相次成组的编磬。2006年第一个中国文化遗产日，央视直播成都金沙遗址现场发掘情况

诗经名物志

时，在祭祀区西北角一个探方内就出土了两件石磬。其中一件长109厘米、宽56厘米、厚4厘米，是目前发现的商周时期石磬中最大的。《商颂·那》描述殷人的祭祀乐舞，也离不开清扬的磬声："鞉鼓渊渊，嘒嘒管声，既和且平，依我磬声。"当然，照旧要讲究一个和字。

籥音"悦"，形状像笛子，有三孔。文舞时要吹籥以为节奏，与场外的笙鼓之声相呼应。一说，在甲骨文中，"籥"本作"龠"，象编管之形，似为排箫的前身。传说禹时乐舞《大夏》即曾吹籥伴奏，可见其源起之早，毫不亚于磬。《邶风·简兮》定格了一场盛大的"万舞"——由文舞与武舞两部分组成，文舞执羽籥，武舞执干戚。红日当午，高大健美的男性舞师"有力如虎，执辔如组，左手执籥，右手秉翟，赫如渥赭，公言锡爵"。瞧他左手执籥管而吹，右手举雉翎而舞，满面红光如同涂了一层赭粉，从旁观赏的公爵高兴得连说："赐酒！赐酒！"

物换星移，千秋已逝，这些歌舞升平的画面犹可按照《诗经》的文本进行大致的悬想与复原，但那些琴瑟之音、钟鼓之乐、埙篪之声却早已杳如黄鹤，无从追索，无从回放了。

扑朔迷离的抱布

花开时节，清明前后，各大乡镇上一年一次的"春台会"如期举行。众人春风满面，携妇将雏，摩踵擦肩，熙熙攘攘，如享太牢，如春登台（春登高台也，今正月初一犹存登高之俗），别提有多热闹多欢喜了。春台会是庙会的另一种叫法，基本在中国的各个地方均存在，被各地赋予不同的含义（因而产生不同的名称），届时举办各种文艺活动，同步进行商贸，品类之多之齐，颇有"致天下之民，聚天下之货"，"以所有易所无，以所工易所拙"，"交易而退，各得其所"的流风遗韵。

这种物资交易会，其实自古便有。《诗经·卫风·氓》里有一个以"氓之蚩蚩，抱布贸丝"开始的婚恋故事，就发生在类似的乡场会期之间。这个敦厚的农村小伙醉翁之意不在酒，其本意并非要用手中的布交换别人的丝，而是趁机找所爱的姑娘商量婚期："匪来贸丝，来即我谋。"那个姑娘回忆道："送子涉淇，至于顿丘。匪我愆期，子无良媒。将子无怒，秋以为期。"记得那天我送你蹚过淇水，一直把你送到顿丘。我说不是我有意拖延婚期，是你没有好的媒人。我请你不要发脾气，我们把婚期定在秋后吧。

后面的情节一波三折，最终以离异收场。我们暂且不去理会，先来讲讲这个貌似简单明了的"布"。西汉桓宽《盐铁论》记载："古者市朝而无刀币，各以其所有易所无，抱布贸丝而已。"是说古时赶集没有货币流通，只能以物易物，并举《氓》诗之句为例。可见，布是布匹，丝是蚕丝。东汉经学家郑众却不以为然，他说："里布者，布参印书，广二寸，长二尺，以为币，贸易物。《诗》云抱布贸丝，抱此布也。"认为布乃是一种布质货币。有资料表明，早到春秋前期，晚至东汉，皆有布质币在世上流通。然而紧接着"抱此布也"尚有"或曰：布，泉也"云云，则又以"抱布"之布为铜质铸币。它由农具铲（《周颂·臣工》"庤乃钱镈"之"钱"指的就是铲）演变而来，所以民间又称"铲钱"，币面一般没有文字，或仅有少量铭文。诸如此类，真是公婆各有理，有理扯不清。

罢了，罢了，既然《氓》的主角都已得丝忘布，或者心不在布亦不在丝，千载以后的我们又何苦扭住不放、打破砂锅问到底呢？

捕捉鲜活的工具

越成长，越沧桑，就越庆幸自己曾经拥有过一段山栖谷饮的纯净童年。天蓝，山青，鸟语，花香。最难忘溪水清且浅，时而跌落成瀑，时而停潴成潭，常和小伙伴们嬉戏其间，随手捡拾并抛出鹅卵石，水面便有涟漪荡起，或有泡儿连串绽开。西晋陆机《文赋》云："石蕴玉而山辉，水怀珠而川媚。"我倒觉得，川因有鱼而媚。孩提之时，潭内鱼儿清晰可辨，皆若游于空中。大人在两岸之间拉网，彝胞在下游布置竹篓（美其名曰"渔箭"），都希望常得水中之利。我们则削竹为竿，贯虫为饵，钓起一串落霞与欢笑……

众所周知，《诗经》里也有很多鱼。那时的人们比我的少年时代更看重鱼、更爱鱼，甚至于有所崇拜。瞧！"河水洋洋，北流活活。施罛濊濊，鳣鲔发发。葭菼揭揭，庶姜孽孽。"《卫风·硕人》连下六组叠词，从水到鱼，从芦苇到姑娘，都显得那么的淋漓鲜活、自然美好！施罛，翻译过来，大意就是设渔网。罛音"姑"，是一种捕鱼的大网。《鲁诗》写"罛"作"罟"，字异而义同。《豳风·九罭》之"九罭"又名"缕罟""数罟"，为网眼细密的渔网，三国时期的经学家孙炎所谓"九罭，谓鱼之所入有九囊也"，恐怕太呆板了。九形容网眼之多，未必为实指之数。

《邶风·谷风》"毋逝我梁，毋发我笱"透露的则是另一种捕鱼的绝妙组合。宋人严粲《诗缉》概括得极为言简意赅："盖为堰以障水，空中央，承之以笱。"砌卵石将水流横截，中间留出一尾鱼大小的空缺，以略大于鱼身的笱口承接之，鱼误入后便出不来了。笱音"狗"，是一种竹制的捕鱼器具，口有倒刺，保管鱼有进无出。《小雅·鱼丽》之"鱼丽于罶"，写的即是这种进而难出的困境。《毛传》："罶，曲梁也。"有些费解。宋人朱熹《诗集传》补充得比较细致通达："罶，以曲薄为笱，而承梁之空者也。"罶据说也有倒刺，看来，跟笱的形制相差不多。

即便是破旧的鱼笱，照样能引发诗人的灵感，《齐风·敝笱》共三章，每章均以同一句"敝笱在梁"起兴。如果"敝笱在梁"算是以烂为美或叫颓废美的话，那么《小雅·苕之华》"三星在罶"则算以空为美或叫缺憾美：参星朗朗在上，鱼罶空空在下，此时此刻，主人公"心之忧矣"，已不言自明。

静好的弋获岁月

鸿雁来，黄菊香，叶枯，霜降，季秋九月如期而至。农夫开始收割半夏稻，又伐薪烧炭，准备过冬时使用。天子戎装打猎，并将收上来的新稻献祭给祖庙，然后再就着肉品尝这些稻米。诸如此类的物候和相应的人事，虽然明明白白载入《逸周书》《吕氏春秋》《礼记》等典籍，但都太过轻描淡写，不像在《诗经》的抑扬顿挫里，既有温度，兼具情趣。

不信？你看《豳风·七月》："八月剥枣，十月获稻。为此春酒，以介眉寿。"这是为了献给老人。《郑风·女曰鸡鸣》"将翱将翔，弋凫与雁"，这是为了献给爱人。你听："弋言加之，与子宜之。宜言饮酒，与子偕老。琴瑟在御，莫不静好。"多么真挚的誓言！多么浪漫的日子！

获稻不是在九月吗？为何《诗经》却称"十月获稻"呢？别急，才女蔡文姬之父蔡邕《月令》自有分说："十月获稻，在九月熟者谓之半夏稻。"其实，旧历九月、十月都是收割稻谷的好时节。

光有主食当然不行，所以《郑风·女曰鸡鸣》中的男主角"士"要去"弋凫与雁"，拿来佐酒下饭。这样还不够完美，于是又"琴瑟在御"，边听音乐边进餐。如此一来，女主角自然心花怒放，随手就把集各种玉石而成的"杂佩"送给了他。具体有些什么玉石呢？《毛传》认为："杂佩者，珩、璜、琚、瑀、冲牙之类。"将它们有序地串联起来做成的长长的组玉佩，在《诗经》时代便被称为"杂佩"。晋人陆机《赠冯文罴》诗句"愧无杂佩赠"，则是反用《女曰鸡鸣》的意思。

那当时的人们究竟用什么工具来获稻，又凭借什么器物来弋取飞禽呢？答案有些就隐藏在《诗经》内，有些则须到其他地方去寻找。

《周颂·臣工》一诗云："奄观铚艾。""铚"字也见《说文·金部》，音"至"，意为"获禾短镰"。这种名叫"铚"的短镰从原始的有孔石刀演变而来，就是收割稻谷的利器。弋凫与雁，工具则要复杂得多，尽管《诗经》的字里行间毫无透露。

先来了解什么叫"弋"。朱熹说："弋，缴射，谓以生丝系矢而射也。"李贤亦云："缴，以缕系箭而射者也。"除了缴（生丝、缕）和矢（箭）之外，还得有《史记·楚世家》之"弓碆"。弓包括弓与弩，矢又分"矰矢"与"茀矢"。据《周礼》可知，弋射用弓，则配矰矢，用弩则配茀矢。碆同"磻"，《说文·石部》收有磻字，音"播"，意为"以石箸隹缴"（"隹"同"弋"）；为了避免射中的鸟类带矢曳缴而逃，便在缴绳末端拴坠圆形石头，此石即磻。其形象见于河南辉县琉璃阁出土的战国狩猎纹铜壶的图像中，一目了然。

扬子鳄对音乐的贡献

　　东海中有一座流波山，上面生活着一种名叫"夔"的怪兽，模样像牛，全身苍色，没有角，只有一只足。每当它出入海水，定会刮风下雨。它的目光明亮如日月，声音洪亮如雷。话说黄帝得到了一头夔，拿它的皮来蒙鼓，取雷兽的骨头敲击，可以声闻百里，威震天下。这是《山海经·大荒东经》记载的传说，世间未必真的存在夔和夔鼓（四川成都后蜀赵廷隐墓出土的"陶马蹄连座鼓"和"陶人足连座鼓"，抑或只是取义于"夔一足"）。但以动物皮蒙制鼓面，倒折射出了不容置疑的历史光华。

　　《诗经·大雅·灵台》等资料显示，周文王曾经大兴土木，在今陕西西安一带修建了灵台、灵囿、灵沼和漂亮的离宫。竣工之日，举行了盛大的音乐庆功会。多种乐器交响之中，很容易听辨出"鼍鼓逢逢"的独特律动，逢逢即嘭嘭。

　　鼍是一种真实存在的动物，亦称"鱓""鼍龙""土龙""猪婆龙""母猪龙"，形似蜥蜴，实即爬行纲鼍科之扬子鳄。在古人看来，鼍倒与夔有几分相似。它也被视为"海物"，其皮亦能"冒鼓"。喜欢在雨天鸣叫，又善夜鸣，其声逢逢然犹如击鼓打更。因此，江淮地区一度把鼍鸣称为"鼍鼓"或"鼍更"。

然而此鼍鼓非彼鼍鼓，《诗经》里的鼍鼓乃是一种乐器，历史异常悠久。

1935年，河南安阳侯家庄西北冈殷代王室墓地就出土过"一鼍鼓，鼓腔上有饕餮纹绘，面有鼍皮，隐约可辨，而本身已化为泥土"（董作宾《甲骨学六十年》），因为鼓腔原是木制的。现藏日本京都泉屋博古馆的"双鸟鼍鼓"相传也出土于安阳，鼓面则用青铜铸成，饰鳄皮纹。观摩实物，显而易见这铜鼓就是对鼍皮木鼓的仿造。既然殷商之际已有木质、铜质两种鼍鼓，那么，周文王时的诗篇《灵台》所谓"鼍鼓"既可能是木鼓，也可能是铜鼓。

1978至1980年间，从山西襄汾陶寺遗址的墓葬内也挖出了一些木腔鼍鼓。"鼓身皆作竖立桶形，当为树干挖制而成，外壁着彩绘。鼓皮已朽，但鼓腔内常见散落的鳄鱼骨板数枚至数十枚不等，由之可证，原以鳄鱼皮蒙鼓，即古文献中记载的鼍鼓，无疑。"（中国社会科学院考古研究所山西工作队、临汾地区文化局《1978—1980年山西襄汾陶寺墓地发掘简报》）这次的发现又将鼍鼓的历史提早了千年以上。

鼍之鸣声如鼓音逢逢，兴许就是古人要用其皮来张鼓或在鼓面上铸鼍皮纹的原初动因吧。《说文解字》说，"兽皮治去其毛"为"革"。鼓在"八音"系统中归属于"革"，也应该跟鼓面乃动物皮革做成有关。

男弄璋，女弄瓦

日有所思，夜有所梦，有时候不思也能做梦。生活一秒一秒地堆积成历史，放下眼帘后被蒙太奇的手法一处理，便可嬗变为梦，不一定非要在夜里。有人就有梦，人类史总会草蛇灰线般交织着占梦史。例如《诗经·小雅》中，《斯干》《无羊》诸篇就在现实叙事里连带着记梦占梦。

占梦即解梦，是一门古老的职业，专司其职的被《诗经》称作"大人"或"占梦"，后者应为正式职称。《周礼》介绍道："占梦掌其岁时，观天地之会，辨阴阳之气，以日月星辰占六梦之吉凶：一曰正梦，二曰噩梦，三曰思梦，四曰寤梦，五曰喜梦，六曰惧梦。"

《斯干》内的梦属于喜梦，又谓吉梦："下莞上簟，乃安斯寝。乃寝乃兴，乃占我梦。吉梦维何？维熊维罴，维虺维蛇。大人占之，维熊维罴，男子之祥；维虺维蛇，女子之祥。"莞、簟皆安寝之睡席，非行燕铺陈之筵席。莞乃"小蒲之席"，是一种草席，《汉书》谓之"青蒲"；簟则为竹席，即李清照词句所咏之"玉簟"。

国人用席，可谓源远流长。《韩非子》说禹之时，"蒋席颇缘"，然并无文物可证。而先秦簟席，成都商业街船棺墓倒有实物出土。据《礼记》"君以簟席，大夫以蒲席"的制度，该席或为古蜀开明王朝皇室所用。长约2米，宽约0.9米。短边一侧炭化，深浅相间的色彩系下葬时折叠后再放入棺内而形成。编织方法为人字形交叉法，沿用至今。

睡在舒服的莞簟之上，连做的梦都是好的。梦里有熊、罴、虺、蛇四种动物，奇怪极了。醒来去问占梦大人，他却说，梦见熊和罴，是要生男孩的吉兆；梦见虺和蛇，是要生女孩的吉兆。

接下来不久，吉梦果然应验了。"乃生男子，载寝之床，载衣之裳，载弄之璋"；"乃生女子，载寝之地，载衣之裼，载弄之瓦"。这几句透露出重男轻女的思想。生个儿子，便当作宝贝，放在床上，给他穿上好衣裳，手里拿块璋玩玩；生个女儿，便只能丢在地上，给她一片瓦弄弄。

璋是玉质礼器，有大有小，略呈长条形。《大雅·棫朴》曰："济济辟王，左右奉璋。奉璋峨峨，髦士攸宜。"王臣捧着玉璋，笔立朝堂左右，衣冠壮伟，峨峨如山。生下男孩让他玩玉璋，以期将来有出息，能成为王侯将相。瓦则是家用器物，即纺轮，多为圆形。"上古时代的纺轮有石制、陶制之别，还有蚌制品，但以陶制者为最多。"（于省吾《泽螺居诗经新证》）目前考古发现最早的纺轮在距今8000年的河南舞阳贾湖遗址里，多以废陶片打制，中间穿孔。载弄之瓦，或许也是陶制的。生下女婴给她玩纺线用的瓦，不过是希冀她以后能精通女红罢了。

贰

《诗经》里的人物

文武吉甫

"我们正在发掘的不是物，而是人。"英国考古学家莫蒂默·惠勒曾经这样说过。其实，不单考古如此，阅读古书亦复如此。我们梳理《诗经》里的动物、植物、器物，努力复原相关的场景，最终窥见的又何尝不是当时与这些名物共处的人物呢？当然，离我们最近的要数以各种形式记下这些名物的、佚名或留名的先秦诗人了。

在有幸于《诗经》里留名的先秦诗人当中，最值得一提的当数吉甫。《诗经》提及"吉甫"一共四次，分别是：《小雅·六月》"文武吉甫，万邦为宪"；"吉甫燕喜，既多受祉"；《大雅·崧高》"吉甫作诵，其诗孔硕"；《大雅·烝民》"吉甫作诵，穆如清风"。诵，就是诗。"吉甫作诵"的格式，跟周宣王五年（前823）的青铜器兮甲盘铭文所谓"兮伯吉父作盘"近似，乃是同一个作者的自白。《崧高》《烝民》是吉甫的诗作，兮甲盘铭文是吉甫的散文，三者互为补充，可以让后世粗略了解到吉甫的一些基本身份信息：兮氏，名甲，字伯吉父，自称"兮甲""兮伯吉父""吉甫"等，人称"尹吉甫"，尹为其官职。换言之，吉甫是西周第十一代君主周宣王的尹，相当于宰相。

有人认为："天下全才，士不多见，惟周之尹吉甫、唐之裴晋公，文武兼备，为中兴良弼。"（《徽州府志》弘治年间版本）这个评语非常客观，其根据即《诗经》"文武吉甫"云云。文能写诗作文，已如上述；武能安邦定国，且听下解。

周宣王五年三月，宣王开始下令讨伐玁狁（古代游牧民族，主要分布在今陕西、甘肃北境及内蒙古自治区西部）。尹吉甫遵王命，克敌执俘凯旋，宣王赏赐给他四匹良马、一辆辎车。六月，尹吉甫再次率师伐玁狁，再获胜利，又是接受赏赐（许也包括下文之"鲤"，周金文如《子中鬲》即有赏"鱼"的先例），又是举行家宴——《小雅·六月》："吉甫燕喜，既多受祉。来归自镐，我行永久。饮御诸友，炰鳖脍鲤。侯谁在矣，张仲孝友。"清代学者方玉润认为张仲是这诗的作者兼献诗者，这似乎大有商榷的余地。"张仲孝友"一句主要是为了照应前文的"诸友"，举其一以包其他，就像盛筵之上饮食林林总总，诗人只列出炰鳖、脍鲤两种一样。

许穆夫人

曾有学者提出，《诗经》三百篇是周宣王三年到周幽王七年（前825—前775）五十年间尹吉甫一人所写。此论虽惊世骇俗，但并不能让人信服，因为首先会遭到《诗经》文本自身有力的反驳。例如，在《诗经》中，不仅有"吉甫作诵"，还有"家父作诵"，家父也是一位周朝重臣。除了男性，《诗经》的作者还有女性，宋人张耒、洪迈等对此已有明确认识。而其中最闻名的，又非爱国女诗人许穆夫人莫属。算起来，她是世界上最早的女诗人，比被哲学家柏拉图誉为"第十位缪斯女神"的古希腊女诗人萨福还要早生八十年。

《诗经·鄘风·载驰》一诗，被公认为许穆夫人所作。夫人姓姬，原是卫国公族卫昭伯的女儿，头上有三个哥哥（齐子、卫戴公、卫文公）、一个姐姐（宋桓夫人）。在姊妹当中，许穆夫人年龄最小，但出名最早，以至于许、齐两国（实际上就是许穆公和齐桓公）都来向她求婚。卫懿公准备将她许配给许国，早慧的她却非常有政治远见地分析道："今者许小而远，齐大而近。若今之世，强者为雄。"一旦边境有敌寇入侵，到时候赴告大国支援，我又在大国之内，不就更好办了吗？可是，懿公不听，而嫁之于许，她便成了许国许穆公的夫人。

　　大约十年之后，卫国为北狄人所灭，也可说是败在了爱鹤成癖的卫懿公的手里。许穆夫人的姐夫宋桓公迎接卫国的遗民渡河，将其暂时安置在漕邑，并拥立她的哥哥戴公为君。戴公立一月而死，文公从齐回国即位。她一听到国破兄亡的消息，便快马加鞭赶到漕邑吊唁，目的在于为卫国策划向齐国求援。可是许国的大夫们对此极为反对，竟然不惜跋涉奔走前来阻拦。这引起了许穆夫人的愤慨，她既悲痛卫国的颠覆，又哀伤许国弱小不能相救，于是写了《载驰》一诗抒发自己的复杂情愫，其最末两句尤为果毅："百尔所思，不如我所之。"真是巾帼不让须眉！

　　最后，齐桓公不知是对许穆夫人余情未了，还是出于外交考虑，抑或二者兼而有之，不仅派兵护卫，而且馈送了若干物资。也不知是否因为记情感恩，公元前656年，许穆公竟随齐桓公伐楚，甚至病死在了军队里。

皇祖后稷

中华民族有没有史诗？回答是肯定的。那中华民族有没有神话史诗呢？回答也是肯定的。用不着上下求索，它们就收录在《诗经·大雅》一卷之内，譬若其中的《公刘》，即是一首层次井然、气象恢宏的史诗，而《生民》即是一篇波澜壮阔、节奏铿锵的神话史诗。

如果说《诗经·鲁颂·閟宫》首章还是一短小紧凑的预告片，那么《大雅·生民》便是大气磅礴的正片，因为二者虽详略有别，但领衔主演或中心人物都是后稷，核心情节都是后稷的传奇事迹。后稷，姓姬，名弃，是周人口耳相传的第一位男性始祖，善种谷物，教民稼穑之术，又称"周弃"。

"弃"这个名字颇有意思，直接来源于他出生后被母亲三次抛弃的非凡经历。《生民》记载："厥初生民，时维姜嫄。生民如何？克禋克祀，以弗无子。履帝武敏歆，攸介攸止，载震载夙，载生载育，时维后稷。诞弥厥月，先生如达。不坼不副，无菑无害，以赫厥灵。上帝不宁，不康禋祀，居然生子。诞寘之隘巷，牛羊腓字之；诞寘之平林，会伐平林；诞寘之寒冰，鸟复翼之，鸟乃去矣，后稷呱矣。"大意是讲，一个叫姜嫄的女子，因为踩了上帝的脚印而怀孕，然后生下一个蛋，她吓得将其扔到了陋巷之中，却得到了牛和羊的庇护；于是，又将其转移到树林里，不料很多人正在伐木；最后只好将其放在了冰上，一走了之。很快，奇迹发生了。一只鸟落在冰面上，用羽翼温暖他。等鸟飞走后，后稷就呱呱而泣。

后稷极为早慧，从小便会种植，自给自足，而且种一样成一样："蓺之荏菽，荏菽旆旆，禾役穟穟，麻麦幪幪，瓜瓞唪唪。"这组排比句接连用了四个叠词，形容后稷种豆得豆、种瓜得瓜，大获丰收。"荏菽旆旆"和"麻麦幪幪"，"禾役穟穟"和"瓜瓞唪唪"，又互为"扇面对"。既然禾役（一作"禾颖"）、瓜瓞均为一物，麻麦为二物，则荏菽亦应为二物：菽即大豆，荏即白苏。当然，后稷种的远远不止这些，《生民》下文还提到了黍类和粱类作物。总之，后稷在周人心目中，就跟杜宇在蜀人心目中一样，既是伟大的祖先，也是五谷之神，乃至农业之神。

亹亹文王

在《诗经》中，"文武"一词不但可以指文德与武功、文才与武略，例如《小雅·六月》"文武吉甫"，还可以指文王和武王，例如《大雅·江汉》"文武受命"。

周文王（约前1152—约前1056），姓姬，名昌。生为商之西伯，谥为周之文王。相传，文王曾在狱中将《易》之八卦演绎为六十四卦。周本是西北一个小国，曾臣服于商朝，文王使周发展强大，走向独立，为其子武王灭商构筑了良好的条件。诚如学者孙作云所说："武王伐纣的基础，事实上是文王奠定的，西周的典章制度，也多从文王开始；所以西周人、东周人以至于后代人，对于文王备致赞美之词。从《诗经》上看，有许多祭祀歌是祭祀文王的；而且多被放在祭祀歌之首。"是的，《大雅》的第一首即祭祀文王的《文王》。

《文王》全诗共七章，其中第二、三、四章直接从正面歌颂文王的美德和功业。"亹亹文王，令闻不已。陈锡哉周，侯文王孙子。文王孙子，本支百世。凡周之士，不显亦世。"这是第二章，写文王勤勉，能施恩布利，惠及子孙。"世之不显，厥犹翼翼。思皇多士，生此王国。王国克生，维周之桢。济济多士，文王以宁。"这是第三章，写文王会用人，有许许多多的人才为他安邦定国。"穆穆文王，於缉熙敬止。假哉天命，有商孙子。商之孙子，其丽不亿。上帝既命，侯于周服。"这是第四章，写文王谨敬，为天命所归，将使商人最终归顺于周。

《大雅·思齐》一诗对《文王》又做出了必要的补充。首先，文王之所以能得天下，离不开周家几代贤妻良母的培养与支持："思齐大任，文王之母。思媚周姜，京室之妇。大姒嗣徽音，则百斯男。"大任，是王季之妻、文王之母，诗人以一个"齐"字概括她，端庄的意思；周姜，是王季之母，周文王的祖母，诗人以一个"媚"字概括她，美好的意思；大姒，是文王之妻、武王之母，诗人称她能继承周姜、大任的美德。其次，文王会用人，主要表现在能兼听而不偏信。"君之所以明者，兼听也；其所以暗者，偏信也。"（王符《潜夫论》）用《思齐》的原话表达，即："不闻亦式，不谏亦入。"

总之，在很多人眼里，文王是个完美的伟人，尤其是经过孔子、韩愈等大儒的推崇，最终令他成了"道统"极为重要的一环。

褒姒灭周

西谚云："任何事故，追根问底，必定有个女人。"中国也有句俗话："红颜祸水。"这种偏颇的论调，可以追溯到《诗经》。《小雅·正月》曰："燎之方扬，宁或灭之。赫赫宗周，褒姒灭之。"《大雅·瞻卬》曰："哲夫成城，哲妇倾城。懿厥哲妇，为枭为鸱。妇有长舌，维厉之阶。乱匪降自天，生自妇人。"诸如此类，骂的均为同一个姓姒的褒国女人。

褒姒的出场颇为传奇。据说夏朝衰微之际，有两条神龙降落在夏帝的朝廷里，说："我们是褒国的两个先王。"夏帝去占卜，杀掉它们，赶走它们，留下它们，都不吉利，说是要请得龙涎储存起来方可。于是陈列玉帛，请走神龙，留下了涎沫，夏帝用木柜将其收藏起来。夏亡后，这柜子传到了商，商亡后，又传到了周。历经三代，都不敢打开。到了周厉王末年，打开来看，那龙涎流到地上变成黑色的蠥蜴，窜入了王的后宫。一个小侍女不小心碰到了它，到十五岁时就怀孕了。自己未婚先孕，只好生而弃之。正巧一对逃难的夫妇在路旁捡到了这个夜哭的女婴，并把她带往褒国。后来褒人犯法，便将长大成人的女婴献给周朝以赎罪，这个女婴就是后来亡周的褒姒。初唐"四杰"之一的骆宾王在其名文

《为徐敬业讨武曌檄》中曾引用这个故事，影射武则天。

周幽王初见褒姒，一眼就迷恋上了她的美貌。从此，两人坐则叠股，立则并肩，饮则交杯，食则同器，如胶似漆，缠缠绵绵，以夜续昼。故事至此还远未结束。原来褒姒是个冷面美人，幽王想逗她发笑，用了许多法子，她仍旧不笑。话说周人建都，毗邻戎人，便和诸侯约定，在大路上修建高的烽火台，台上设置大鼓，如果戎兵来侵，就由近而远地击鼓以召援兵。一次，戎兵寇边，各诸侯听到鼓声，都带着军队如约而至，不料褒姒看着这一切，竟开心地笑了。幽王受此启发，屡次击鼓戏弄诸侯。后来戎兵真的来袭，幽王又击鼓，诸侯却不肯应召而至了。

幽王不但"不恤国事，驱驰弋猎不时，以适褒姒之意"（刘向《列女传》），而且还黜了皇后申后，废了太子宜臼。于是，宜臼作《小弁》诗（或说此诗作者为尹吉甫的儿子伯奇），申后作《白华》诗，以抒发自己怨恨不平的情绪。《白华》第六章云："有鹙在梁，有鹤在林。"用凶猛贪残的鹙鸟暗喻褒姒，跟《瞻卬》的"为枭为鸱"有着异曲同工之妙。

《诗经》用三百余篇韵语搭建起一个"神州大舞台"，让祖先神灵、帝王将相、黎民百姓各色人等轮番粉墨登场，或唱念做打，纷呈精彩，或作为龙套，沉默不语。最终，都成了经典角色。尹吉甫、许穆夫人、后稷、周文王、褒姒，只不过是其中赫赫有名的几个罢了。

给读者留下深刻印象的，反倒是那些生平不详的人物，比如《巷伯》的作者"寺人孟子"，有着亚圣一样的称呼，却是一位遭受谗害的奄官。又比如《桑中》《有女同车》里的"孟姜"，让人总忍不住联想到送寒衣、哭长城的孟姜女，但她们之间并无瓜葛，现在仅仅知道"孟姜"姓姜，排行老大，长得很美，诸如此类的简单信息而已。而知名度最高的《诗经》人物，却是没有留下姓名的"窈窕淑女"。在《关雎》中，她令同样佚名的"君子"辗转反侧，彻夜难眠；在汉语中，她更以常用成语的姿态被全世界的中华儿女口耳相传。

寺人司马迁不分贵贱，为社会各阶层的人物立传写史，这个伟大传统其实从《诗经》就开始了……

叁

《诗经》里的食物

黍稷稻粱

　　《诗经》是诗，从上古吟哦而来，至今犹弦歌不辍；《诗经》是经，自先秦尊崇以来，至今仍脍炙人口。洋洋三百篇，开头第一首就提到菜——"参差荇菜"，且反复致意，提了三次；结尾最后一诗又提到庄稼，并强调不可弃置不种："稼穑匪懈。"国以民为本，民以食为天。"故一夫辍稼，饥者必及；仓廪既实，礼节以兴。"通过这种角度赏读，《诗经》也是《食经》，不单单记录了舌尖上的风味、宴席上的风流，也徐徐拉开了"食在中国"的宏大序幕，为"古代的中国人是世界上最讲究饮食的民族之一"（张光直语）的论断提供了强有力的文本证据。

　　人要生活，每天都得进食，而每顿又大都离不开主食。主食是传统餐桌上的主要食物，是人类日常膳食所需碳水化合物、脂肪、蛋白质、矿物质、维生素等等的主要来源。由于主食是碳水化合物特别是淀粉的主要摄入源，所以以淀粉为主要成分的稻米、小麦、玉米等谷物，以及土豆、甘薯、芋头等块茎类植物，被不同地域的人当作主食。那么，《诗经》时代的人又以何物为主食呢？换而言之：他们吃的饭是拿什么做的呢？

　　简约笼统地说，即《诗经》里出现了六次的"百谷"。

百谷，并非真有一百种，只是形容谷物异常丰富而已，在《诗经》中正面亮过相的，就至少有"黍稷稻粱"（《小雅·甫田》）、"禾麻菽麦"（《豳风·七月》）、秬、秠、穈、芑、来、牟、稌等十几个名目。特别需要注意的是，这些称谓之间的微妙关系。譬若"稌"，其实就是稻。而麦有大小，小麦为来（后世写作"秾"），大麦为牟（后世写作"麰"）。秬即黑黍之大名，如果一个谷皮内含有两粒米，这样嘉异罕见的黑黍又有专名，叫作"秠"。穈、芑皆为粟的一种，穈是赤粱粟，芑是白粱粟。

黍稷稻粱，应该是《诗经》时代的主食之荦荦大者。西汉人选编的礼学文献集《礼记》载录了六种"饭"（《小雅·大东》谓之"飧"），前四名依然是黍、稷、稻、粱。其中，又以黍、稷最为日常而紧要，黍贵重于稷，黍比稷好吃。它们不但是当时的盘中餐，而且也常被诗人借来寓意抒情，例如成语"黍离之悲"的出处《国风·王风·黍离》一篇。"彼黍离离，彼稷之苗。行迈靡靡，中心摇摇。知我者谓我心忧，不知我者谓我何求。悠悠苍天，此何人哉？"此为首章。第二章、第三章仍以黍、稷起兴："彼黍离离，彼稷之穗"；"彼黍离离，彼稷之实"。这里是互文见义：黍离离，稷亦离离，离离描摹出黍稷井然成行的样子；黍稷皆经历了出苗、抽穗、结实的成长过程，三者又递进地表现出时光暗暗的流动转变。诗人路过故都，只见宫室倾覆，废为田野，今昔之感，凄怆莫状，黍稷长势越喜人，心中就越忧伤，步伐就越沉重，因为自己已然是亡国遗民一个。这种况味简单而复杂，问天天不知，旁人就更无法理解了。

终朝采绿

　　韩愈曾评价："《诗》正而葩。"后世因呼《诗经》为《葩经》。葩者花也，这里活用为形容词，形容《诗经》的义采似花一般华丽美盛。孔子说，读《诗》可以多识草木之名。其实，我们也完全可以把《诗经》视作《花经》或《草经》。《诗经》共311篇（内有6篇只剩诗题，但题中也含植物名，如《华黍》），有156篇出现了植物的名称或描述，超过了所有篇目的一半，提及各类植物凡508次。

　　这些花花草草或可食用，或可药用，或可拿来观赏，或可拿来祭祀，而一经诗人拈出，便都化身为美好柔嘉的喻体或象征，譬若荇菜，本是一种水生的、长得像莼菜的野菜，到了《关雎》里面，便成了淑女的象征。

　　"参差荇菜，左右流之。窈窕淑女，寤寐求之。""参差荇菜，左右采之。窈窕淑女，琴瑟友之。参差荇菜，左右芼之。窈窕淑女，钟鼓乐之。"参差不齐的荇菜随波摇摆不定，以至于人们一会儿向左摸索采摘，一会儿向右摸索采摘，才能有所收获。窈窕淑女也像这荇菜，芳心还在摇摆犹豫，所以君子得不停地追求她、换着法儿地取悦她，才有可能最终抱得美人归。除开这层比兴手法不提，左右流（通"摎"）之、左右采之、左右芼（一说即"摸"）之云云，也确乎是对采摘水生野菜最简要而精确的描写，显然诗人是

诗经名物志

有生活的，至少是从旁认真观察过的。

《诗经》里的野菜可远不止荇一种。"采采卷耳，不盈顷筐"，卷耳菜采了又采，却装不满浅小的斜口筐，这是因为想起了远行的爱人，不禁采着采着就放下了筐儿。"采采芣苢，薄言采之"一首，没有寄托"怀人"（见《周南·卷耳》）情思，通篇都是在铺叙采摘芣苢菜的各种动作。《诗经》野菜中，名字最特别的，当属"苦""绿"之流。现在看来，一个是味道，一个是颜色，但在上古，却均为野菜的名称。"采苦采苦，首阳之下"，苦即苦菜，生于山田湖泽中，经霜之后，甜脆而美味。"终朝采绿，不盈一匊"（反之即《唐风·椒聊》之"盈匊"），采了一早上的绿，却采不满一捧，这跟"采采卷耳，不盈顷筐"一样，也是相思害的。绿，又名"王刍"，叶子似竹而比竹细薄，茎干也较竹圆小，是一种极易获得的野菜。

当然，《诗经》内也不乏人工栽培的蔬菜。比如葫芦，《诗经》谓之"匏"或"瓠"。匏瓠有甘有苦：苦者不可食，只能像"燧人以匏济水"那样佩在腰间以渡江河，或者剖以为瓢舀水酌酒（如《大雅·公刘》："酌之用匏"）；"甘瓠"（见《小雅·南有嘉鱼》）则可食用，《豳风·七月》"七月食瓜，八月断壶"之壶指的大概就是这种可以吃的葫芦。又如荼菲，《邶风·谷风》介绍了采摘它们的要领："采荼采菲，无以下体。"这两种菜，正如王夫之《诗经稗疏》所言："初则食叶，后乃食根。当食根时，叶粗老而不堪食，则是根可食而苗为人弃。"挖食荼、菲的根时，就不要吃它们的茎和叶，因为都长老了。

燔之炙之

常言道："无酒不成席。"光有酒，没有菜，也不成；光有素菜，没有荤菜，照样不成其为席。《小雅·瓠叶》的作者显然是深谙这个基本的待客之道的。其诗云："幡幡瓠叶，采之亨之。君子有酒，酌言尝之。有兔斯首，炮之燔之。君子有酒，酌言献之。有兔斯首，燔之炙之。君子有酒，酌言酢之。有兔斯首，燔之炮之。君子有酒，酌言酬之。"采来嫩嫩的瓠叶煮上，再烤上一只兔子，最后斟满美酒，主人先尝，接着敬献宾客，完了客人又回敬主人。如此这般，有来有往，有礼有节，其乐融融；若换《小雅·楚茨》的话来表达，即："献酬交错，礼仪卒度，笑语卒获。"

俗话说："飞禽莫如鸪，走兽莫如兔。"兔肉有"荤中之素"的美誉，瘦肉占95％以上，营养价值比猪肉、鸡肉、羊肉、牛肉都高，胆固醇含量却比鱼肉还低。《诗经》时代，人们不但已会烤兔而食，并且对捕捉野兔也颇有经验：在《周南·兔罝》一诗中，作者既讲到了捕兔的必备器具，也交代了安放这种捕器的妥当位置。据说，这诗是对"殷纣之贤人退于山林、网禽兽而食之"的写照。那么，《瓠叶》就如同《兔罝》的续篇。野兔比家兔味更鲜美，但膻味较重，所以宜用火炮之、燔之、炙之，待到烹饪发达时，又有烧、焖、腌、熏等更精细的做法。

燔、炙之法同样适用于膻味重的牛羊肉。《小雅·楚茨》就曾写道："絜尔牛羊，以往烝尝。或剥或亨，……或燔或炙。"这样烈火烹制的牛羊肉不但可以下黍稷之饭，还能在秋冬二季祭祖供神（冬祭曰烝，秋祭曰尝），真可谓人神共享，皆大欢喜。《大雅·生民》一篇还具体点明，冬祭"行神"（又称"路神"）时燔的羊要用"羝"，即公羊。到了后世，就更具体了，要用"黄羝"。在《大雅·凫鹥》里，燔炙又被活用为名词："旨酒欣欣，燔炙芬芬。"芬芬，香也，描状烤肉之味。

在《诗经》时代，牛羊肉只有在祭祀时才能食用，就连跟牛、羊合称"三牲牲"或"太牢"的豕（猪）也不例外，正如《国语》明文规定的："诸侯宗庙之事，必自射牛、刲羊、击豕"，反之，若非宗庙祭祀，牛、羊、豕是不可无故被杀被食的。《大雅·公刘》云："乃造其曹，执豕于牢，酌之用匏，食之饮之。"曹通"褿"，指祭豕神。先祭完豕神，方敢杀猪而食。而且吃这猪肉的也不是一般人，乃是周人的祖先后稷的曾孙公刘。

为什么不"食之"以等级更高的牛羊肉呢？大概与公刘是家猪驯养鼻祖的传说有关。相传有一天，公刘和族人外出狩猎，将一只野猪围堵进了一个土洞里。由于洞口小，人无法入内抓捕。于是，公刘就派人将洞口用大石块围挡起来，并日复一日地往里面扔各种草，经过努力，终于把饥不择食的野猪引到洞口，轻易地捉住了。公刘发现这野猪没了之前的野性，似乎已被驯服，乃命人先圈养起来。就这样，便开启了家养猪的先河。

鸡栖于埘

畜肉之外，禽蛋也是先民庖厨里并不罕见的食物。《诗经》虽没有正面描述人们吃家禽肉的场景，鸡蛋啥的更是只字未提，但它们在当时已是烹饪原料肯定是毫无疑义的。《诗经》首先是诗，不是流水账日记，不是生活纪录片，提什么不提什么，诗人有自己的抉择和需求。所以，《诗经》没写吃鸡，并不代表当时的人不吃鸡。

在中国南北各地的仰韶文化和龙山文化遗址内都有鸡骨或陶鸡出土，证明鸡在当时已被各地的人们驯养成功，成为主要家禽。商代，鸡已成为祭品，河南安阳殷墟就出土过作为牺牲的鸡骨架。1974年，江苏句容县浮山果园里发现了一座西周古墓，从中出土了一个精美的几何印纹硬陶瓿，瓿内装满了鸡蛋。这些蛋直径在3.1到4.2厘米之间，蛋壳很薄，可惜由于年湮世远，均已石化。尽管如此，它们仍是我国迄今为止发现的年代最早的鸡蛋实物，而且它们的时代和《诗经》的时代是相重合的。由此可以推论，《诗经》时代的人自然也会食用鸡和鸡蛋。

晚于《诗经》的《庄子》同时写到了鸡与蛋："见卵而求时夜。"卵即鸡蛋，时夜即司夜，谓鸡也。每天鸡回窝时，乃是夜的开始，夜将尽时，鸡会啼叫，因而鸡又有"司夜""烛夜""知时禽"之类的美称。《王风·君子于役》就白描出了鸡回窝时的傍晚景象："君子于役，不知其期，曷至哉？鸡栖于埘，日之夕矣，羊牛下来。君子于役，如之何勿思？"天色向晚，鸡群回窝，遥望西边，太阳已经落下山去了，羊儿牛儿们也从山上下来走向了圈栏。远役在外的人儿，却不知归期，叫"我"如何不思念？在土墙上挖洞做成的鸡窝，叫作"埘"，其形状可以参看南京经济技术开发区循环园六朝墓出土的青瓷鸡埘。鸡栖于埘中，人是很容易抓出来吃掉的，我们完全可以仿照《大雅·公刘》的句式吟道："执鸡于埘，酌之用匏，食之饮之。"

《郑风·女曰鸡鸣》则描写了夜将尽时的鸡叫："女曰鸡鸣，士曰昧旦。子兴视夜，明星有烂。"女人说："鸡叫了！"意思是该起床了。男人回："天还没亮呢。"想再睡一会儿。女人又说："你起来看一下夜空，启明星正闪耀。"启明星出现在太阳即将升起之前，靠近东南方的天空，早上四点至七点是特别明亮的。在这个时间段，公鸡也正好在打鸣。《齐风·鸡鸣》有着类似《女曰鸡鸣》的对话情境："鸡既鸣矣，朝既盈矣。匪鸡则鸣，苍蝇之声。"女人说："鸡叫了，上早朝的人已经到齐了。"意思是不能再赖床了。男人却答："不是鸡在叫，是苍蝇的声音。"根本就没有想起床的打算。

古人认为鸡有"五德"，其一为"守夜不失时，信也"。鸡每天按时回窝，按时打鸣，这也是守信啊。或许正因此，《诗经》才多次拿"鸡鸣"说事儿吧。

弋凫与雁

野菜在《诗经》里的比例很重，远超人工栽培蔬菜的数量；野味也一样，《诗经》中人吃野味的时候往往多过吃家畜家禽的时候。这主要跟当时的生态环境有关，郊野的面积是远大于人居区域的，每天开门见山、开轩面场圃的机会是很多的，野生动植物自然常见而易得。

《郑风·女曰鸡鸣》首先提及家禽（鸡），但没有吃它，然后提到野味，而且一提就是两种（凫、雁），接着详细铺叙了进食它们的浪漫过程："女曰鸡鸣，士曰昧旦。子兴视夜，明星有烂，将翱将翔，弋凫与雁。弋言加之，与子宜之。宜言饮酒，与子偕老。琴瑟在御，莫不静好。"雄鸡打鸣，启明星亮，女人催男人起床，原来是叫他去野外弋射凫雁。射下来凫和雁，洗剥干净，把它们做成佳肴。两口子听着高雅音乐，喝着美酒，品尝着新鲜野味，这般静好的岁月，除了让人发自肺腑地讲出白头偕老之类的甜言蜜语之外，还能说些什么呢。

"弋凫与雁"的具体情形，可以参看汉代著名的"弋射收获画像砖"：画中有人以"缴"系"矰"仰射高飞之鸟，矰尾有细长缴线系在"矰缴架子"（其古代专名有二，一乃"繴"之一字，一乃"鯞"之一字）上，这样有猎获即可连矰带鸟一起拖回，此之谓"弋""弋射"或"缴射"。

《大雅·桑柔》内有个比喻："如彼飞虫，时亦弋获"，也是借"弋凫与雁"之类说事儿。"飞虫"犹言飞禽，是包含了凫、雁的一个大范畴。凫即野鸭，也叫水鸭，形状似家鸭而小，常成群栖息于湖泽，善游泳，能飞，肉味鲜美。雁即大雁，又称"野鹅"，是鸭科雁属中的鸿雁、灰雁、豆雁、黑雁等的总称，羽、肉均可取用，曾为重要狩猎水禽。天将亮之时，栖身湖泽的凫雁就会鸣叫着飞翔，因此《诗经》其他诗篇还有"明星有烂，将翱将翔"，"雝雝鸣雁，旭日始旦"的写实之句。天将黑之前，也会出现相似的场景，王勃《秋日登洪府滕王阁饯别序》即云"落霞与孤鹜齐飞"，这个鹜也就是凫。

《诗经》时代的人们除了弋射野禽，也狩猎野兽。如《小雅·吉日》曰："既张我弓，既挟我矢。发彼小豝，殪此大兕。以御宾客，且以酌醴。"大意是说，我用弓矢射杀小野猪和大野牛，以待客下酒。《魏风·伐檀》"不狩不猎，胡瞻尔庭有县狟兮"虽是个反问句，但也反映出狟须通过狩猎而获得这么一个基本事实。狟即狗獾，似小狗而肥，尖喙，矮足，短尾，深毛，蜀人呼其为"天狗"，以蜀中氏人猎户形象作原型而塑造的灌口二郎神所牵之犬即此。所以，《唐三藏西天取经》谓之"细犬"，小狗也；《封神演义》谓之"哮天犬"，天狗也。

《郑笺》认为："貉子曰狟。"那么，貉也应该是狗獾。《豳风·七月》云："一之日于貉，取彼狐狸，为公子裘。"一之日即冬月，是狩猎貉和狐狸的时节。人们不仅吃貉的肉，还拿它的皮做裘穿。需要留意的是，狩猎者为平民，穿裘者乃公子。

岂其食鱼

现在生活好了，人民群众每天享用大鱼大肉，比以前过年吃得都好，但《诗经》中能吃上各种肉的却都不是普通人。《礼记》载："诸侯无故不杀牛，大夫无故不杀羊，士无故不杀犬豕，平民无故不食珍。"那么，普通老百姓平日里都能吃些啥呢？《国语》讲得非常明白："庶人食菜，祀以鱼。"换言之，平民通常只有在祭祀的时候才能吃上鱼肉，平常只能吃素菜。

《陈风·衡门》一篇有可能是平民诗人的作品，里面两次以吃鱼起兴比方："岂其食鱼，必河之鲂？岂其取妻，必齐之姜？岂其食鱼，必河之鲤？岂其取妻，必宋之子？"吃什么鱼不是吃，何必非要吃黄河里的鲂鱼呢？吃什么鱼不是吃，何必非要吃黄河里的鲤鱼呢？反之可知，鲂与鲤是很好吃的两种鱼。北宋苏颂《图经本草》说，在"诸鱼"之中，鲤鱼"最佳"，"食品中以为上味"；明李时珍《本草纲目》则说：鲂鱼"腹内有肪，味最腴美"。古代甚至有这样一句俚语："伊洛鲤鲂，美如牛羊。"如此看来，不管是在黄河里，还是在伊水或洛水当中，鲂、鲤都是美味可口的，正如齐之姜（齐国姓姜的姑娘）、宋之子（宋国姓子的姑娘），放在哪里都是美女。

《小雅·鱼丽》记录了一场多鱼宴："鱼丽于罶，鲿鲨。君子有酒，旨且多。鱼丽于罶，鲂鳢。君子有酒，多且旨。鱼丽于罶，鰋鲤。君子有酒，旨且有。物其多矣，维其嘉矣。物其旨矣，维其偕矣。物其有矣，维其时矣。"罶（一种竹制渔具）网住了很多鱼，里面囊括了鲂、鲤之类的美味食用鱼。君子的酒又多又好，这些鱼刚好可以烹来下酒。诗人先从鱼多鱼美起兴，再夸说酒多酒美，最后不惜再用三章来直接称赞所有的食物（当然也包含了前面的鱼和酒）。章与章之间仅用"多""旨""有"三字连缀起来，犹如一石荡开千层涟漪，一场盛大的贵族酒会逐渐展现在了读者眼前。诗人的妙笔运用自如，毫不亚于一个由点摇到面的广角镜头。需要特别注意的是，《鱼丽》中的鲨并非名贵食品鱼翅之来源，而是一种生活在溪涧内的小鱼，体圆，有斑点纹，常张口吹沙。

　　《周颂·潜》是一首周王专用鱼祭祀宗庙时所唱的乐歌："猗与漆沮，潜有多鱼。有鳣有鲔，鲦鲿鰋鲤。以享以祀，以介景福。"漆水和沮水里有许许多多鱼，比如有鳣、鲔、鲦、鲿、鲤、鰋，不一而足。拿它们来献祭，会获得大大的福气。从抒情语气结合历史事实来看，此篇当写于周初武王、成王年间，为《诗经》中较早的作品之一，所以不像晚于它的《鱼丽》那般铺陈、精致，而显得原始、稚拙。

　　与鱼肉同时上筵席的往往还有一道嘉肴——"炰鳖"。《小雅·六月》云："饮御诸友，炰鳖脍鲤。"《大雅·韩奕》云："其肴维何？炰鳖鲜鱼。"看来，蒸煮过的鳖肉和细切的鱼肉，真的很配！

食郁及薁

水果真是好东西，饿了可以充饥，饱了可以解腻，或者当成零嘴，或者作为配菜，可谓人见人爱、老少咸宜，真乃馈赠亲友、装点筵席之佳品。《诗经》直接写到吃水果的地方就颇为不少。

例如"衣食为经，月令为纬，草木禽虫为色"的民歌《豳风·七月》所记："六月食郁及薁，……八月剥枣。"郁即郁李，又叫山李，具有较高药用价值，果实大如李子，可以直接食用。薁即蘡薁，叶、花、果实皆与葡萄相似，果实为紫黑色浆果，也可以直接吃。这两种野果（一为野李子，一为野葡萄）都是摘的，枣却要"剥"。剥者击也，剥枣犹言打枣，须借助"籊籊竹竿"（见《卫风·竹竿》）之类才能完成。

又如《魏风·园有桃》所写："园有桃，其实之肴。……园有棘，其实之食。"肴，就是食，吃也。棘，就是枣。由此可知，《诗经》时代已有颇具规模的果园，里面至少培植着桃树、枣树等品类，其果实（桃子、枣子）可供食用。

枣子除了可以直接入口嚼食之外，还能作为辅料进入一些比较复杂的烹饪流程，比如《诗经》屡次提到的"炮"。简而言之，把食物涂上泥置于火中煨熟，即为炮。比如今天的"叫花鸡"，就是一种炮出来的美食。具体怎么个炮法，

《诗经》里的食物

《诗经》没交代，但我们可以通过《礼记》的记载将其补充出来："炮：取豚若将，刲之刳之，实枣于其腹中，编萑以苴之，涂之以谨涂，炮之。涂皆干，擘之，濯手以摩之，去其皽……"在往猪或羊（豚若将）肉上涂泥之前，要把它们的肚子掏空，装满枣子，这样的操作极为科学，既可去腥，又能增味。

　　另有一种果子，也是《诗经》中人比较看重的，那就是桑葚。《卫风·氓》有云："桑之未落，其叶沃若。于嗟鸠兮，无食桑葚！"诗人呵斥鸠鸟不要吃桑葚，可见看重之情。《鲁颂·泮水》有云："翩彼飞鸮，集于泮林。食我桑黮，怀我好音。"鸮本恶声之鸟，在晚春之时吃了桑葚，却会发出好听的叫声，这又反衬出桑葚之妙。"黮"既是"葚"字的异体，又表现出桑葚的颜色。《氓》《泮水》这些句子虽然都在描写飞鸟啄食桑葚，投射的感情色彩却有所不同。

　　还有一种水果，既可直接食用，又能做成调味料，这就是梅子。《召南·摽有梅》曰："摽有梅，其实七兮。求我庶士，迨其吉兮。摽有梅，其实三兮。求我庶士，迨其今兮。摽有梅，顷筐塈之。求我庶士，迨其谓之。"这个"摽"，自《毛传》至《说文》，再到闻一多《诗经新义》，皆解为动词，只有明代海宁人张次仲《待轩诗记》敢于坚持己见，将其释作名词。张氏认为："摽乃標字之误。標，木杪也。"这个说法或许是对的，敦煌写卷本《诗经》此处正写作"標有梅"。梅子在树杪，逐渐减少，始而十分中有其七，继而仅有其三。诗人以此说明物之荣盛不久，人亦如此，所以适龄男女当及时结婚。

椒聊之实

调味料，也称作料，是指被用来少量加入其他食物中以改善食物味道的食品成分。从来源上看，调味料多数直接或间接来自植物，少数为动物成分（例如日本料理"味噌汤"所用的干柴鱼）或合成成分（例如味精）。从调味料所添加的味道上分，主要有：酸、甜、苦、辣、麻、咸、鲜。从添加的香气上分，主要有：甜香、辛香、薄荷香、果香，等等。

在十五世纪之前，中国菜调味的辣味主要靠花椒、胡椒、黄芥末、茱萸，欧洲烹饪主要靠胡椒、青芥末。花椒不仅是辣味的来源，也是麻味和辛香的来源，从古至今都是非常重要的食物调味料。《唐风·椒聊》一篇就把花椒的形态和香气都写到了，而且言简意赅。其诗云："椒聊之实，蕃衍盈升。彼其之子，硕大无朋。椒聊且，远条且。椒聊之实，蕃衍盈匊。彼其之子，硕大且笃。椒聊且，远条且。"闻一多先生曾解释道："椒即花椒。草木实聚生成丛，古语叫作聊，今语叫作嘟噜。'椒聊之实，蕃衍盈升'，是说一嘟噜花椒子儿，蕃衍起来，可以满一升。"其实，嘟噜也算是古语，如《红楼梦》第六十七回里就有："这马蜂最可恶的，一嘟噜上只咬破三两个儿，那破的水滴到好的上头，连这一嘟噜都是要烂的。"一嘟噜，犹言一串，形容花椒在枝头抱团结子的状态。"远条二字，皆以气言之"（胡承珙《毛诗后笺》），则是形容花椒香气的远扬。

在酿醋工艺没有出现或没有普及之前，中世纪的欧洲用酸葡萄汁获取酸味，那中国古人获取酸味的途径又是什么呢？答案是通过梅，即梅子。在与《诗经》的时代有所重合的《尚书》中有这样的话："若作和羹，尔惟盐梅。"意思是想要熬制五味调和的羹汤，必须咸酸适宜。虽然这原本是一个比喻，但也恰能证明，梅子曾是醋的替代品，与盐一样，为烹饪调味所不可或缺。《诗经》也提到了和羹，如《商颂·烈祖》"亦有和羹，既戒既平"云云，那里面肯定也加有酸酸的梅子。

众多调味料之中，盐是最重要的，诚如俗谚所指出的："山珍海味盐为头。"中国是较早掌握制盐技术的国家。20世纪50年代福建出土的文物内有煎盐器具，证明早在仰韶时期（前5000—前3000）人们已学会了煎煮海盐。古有"夙沙氏煮海为盐，以为炎帝之诸侯"的传说，显然并非空穴来风。在《尚书》中，第一次出现了"盐"字，第一次记载了盐的产地。在《礼记》里，还记录了一种形状别致的盐——"卵盐"，因其盐形似鸟卵（鸟蛋）而大，故又名"大盐"。尽管《诗经》没有提及盐，但并不代表当时没有盐，更不代表当时的人不吃盐。

肤如凝脂

食用油脂，尤其是从猪、牛、羊等动物原料中提炼出来的油脂，已在《诗经》里有所反映。对于此类物质，我们现在称常温下呈液态者为"油"、呈固态者为"脂"，但《诗经》时代略有不同，"凝者曰脂，释者为膏"，固态的还是叫"脂"，液态的却叫"膏"。《卫风·硕人》"肤如凝脂"是个非常出名的比喻，形容女性的肌肤像凝结的油脂那般润泽光滑，倘若这脂是猪油的话，还可借以形容肌肤的白皙。

《庄子》形容神人"肌肤若冰雪"，有学者认为此处冰雪并非冰与雪，而是雪白凝冻的猪油，又名"冰脂"。如此一来，"肌肤若冰雪"和"肤如凝脂"就成同一个意思了。呵呵，这未必正确，但不乏趣味。

"肤如凝脂"尚停留在修辞层面上，一些古代民族则直接抹猪油护肤，如《后汉书·东夷传》所载，挹娄人"冬以豕膏涂身，厚数分，以御风寒"。不知道这豕是野生的还是家养的。

猪不论是野生的还是家养的，全身都是宝，其中一宝即猪油，不仅能食用，而且还可挪作他用。很早之前，先民已懂得拿猪油来润滑车轴。《史记·田敬仲完世家》淳于髡曰："豨膏棘轴，所以为滑也。"司马贞注云："豨膏，猪脂也。"豨膏即豕膏，猪脂即猪油。依此类推，《诗经·邶风·泉水》"载脂载辖"（以脂涂辖。辖同"辖"）、《小雅·何人斯》"遑脂尔车"（抽空涂油在车轴上）或许均指的是液态的猪油。《左传·襄公三十一年》《左转·哀公三年》皆云："巾车脂辖。"杨伯峻注曰："辖为车轴两头之键，涂之以脂。古无机油，以动物脂肪代之，使车行滑利也。"这脂也极有叵能是猪脂。

还有一种说法："戴角者脂，无角者膏。"这二者甚至成了中国古代生物学体系的两个大类。《周礼》记："天下之大兽五：脂者、膏者、臝者、羽者、鳞者。宗庙之事，脂者、膏者以为牲。"脂者可能包括有角的家畜和野兽，如牛、羊、麋等，它们的脂肪叫脂；膏者可能包括无角的家畜与野兽，如猪、熊等，它们的脂肪叫膏。由此看来，"肤如凝脂"也就未必一定是指猪脂了。

既然挹娄人能以豕膏涂身，那么《诗经》时代人们会以膏泽面也就不足为奇。《卫风·伯兮》云："自伯之东，首如飞蓬。岂无膏沐，谁适为容？"大意是讲，丈夫出了远门，妻子心绪慵散，懒得动用膏、沐（淘米水）之类的家庭常备化妆品，以致蓬头垢面。有学者认为膏是泽发的油脂，沐是洗发，这一来是弄错了沐的词性，二来是不懂诗的前后照应手法，以"膏沐"皆指向"首"，难免有点堆床骈拇。其实，膏、沐并列，皆为名词，膏照应"容"（脸。以膏抹脸），沐照应"首"（头发。以沐濯发），且又互文见义。至于这个膏究竟是豕膏还是豨膏，倒是无伤大雅、无害诗意的。

笾豆有践

"美食不如美器。"这句古语略显偏激，主要是为了强调美器的重要。若没有美器的盛放和烘托，美食确乎会大为失色。前边我们谈了谈《诗经》里的粮食、蔬菜、畜肉、禽蛋、野味、水产、水果、调味品、油脂，下面就来说说《诗经》中的食品盛具（或者叫盛食器），顺带把当时用餐的规矩、流程啥的也讲一讲。

《小雅·伐木》的后两章云："伐木许许，酾酒有藇。既有肥羜，以速诸父。宁适不来，微我弗顾？於粲洒扫，陈馈八簋。既有肥牡，以速诸舅。宁适不来，微我有咎。伐木于阪，酾酒有衍。笾豆有践，兄弟无远。民之失德，干餱以愆。有酒湑我，无酒酤我。坎坎鼓我，蹲蹲舞我。迨我暇矣，饮此湑矣。"这里面提到了三种盛食器：簋、笾、豆。

簋是"盛黍稷稻粱器"，其功能相当于现在装饭的大碗，只不过更加精美而已。据推测，簋最先可能是木制的，而后才有竹、陶、玉、铜等各种材质的，而铜的最为常见。从现存的铜簋来看，它的形态极为多样而繁复。以耳形区分，可分为无耳、两耳、四耳等；以腹形区分，可分为口大腹圆、口大颈敛、口敛腹圆、方形等；以足形区分，可分为三足、四足、圈足、足下连方座等。曾侯乙墓出土的"莲瓣盖圈足方座簋"，便是圈足之下连了一个方座，而且此簋还有盖，盖顶部还装饰着莲瓣纹。

　　"笾豆有践"这一句也见于《豳风·伐柯》，有践是摆放得很整齐的样子。在《诗经》内，"豆"除了与"笾"经常同时出场之外，也会跟"登"结伴现身，如《大雅·生民》"于豆于登"。这是为什么呢？原来，笾、豆、登都是豆形器，只因材质不同而异名，《尔雅》记载："木豆谓之豆，竹豆谓之笾，瓦豆谓之登。"瓦豆即陶豆。竹木易腐烂，所以笾、豆的实物很难保存下来，至今尚能看到的除了陶登，还有就是玉的和青铜的豆形器。三者名字既不同，用途也略异，《尔雅》进一步解释："木豆荐菹醢，竹豆荐枣、栗、菱、芡、脯修、糗饵之属，瓦豆荐羹，皆祭祀燕享所用。"荐就是盛放的意思。有时候，"笾豆"又能统称这三者，如《鲁颂·閟宫》"毛炰胾羹，笾豆大房"，毛炰即豚（乳猪），"烂去其毛而炰之也"（先去毛，后炮炙），切其肉为胾（放在大房即"俎"上切），煮其肉为羹。本该用瓦豆之"登"荐羹，但这里只有"笾豆"，所以"笾豆"显然是包括了"登"的。

　　要说记载用餐的规矩、流程之详细，非《大雅·行苇》的第二章莫属："肆筵设席，授几有缉御。或献或酢，洗爵奠斝。醓醢以荐，或燔或炙。嘉肴脾臄，或歌或咢。"第一步：铺筵席，设几案。筵长席短，筵铺陈于下，席在上，人又坐于席上，背靠着几（几又写作"机"，可以扶手靠背）。第二步：陈尊俎，列笾豆。洗爵，奠斝，摆上酒具，将盛入"醓""醢""脾""臄"等肉食的笾豆一一放好。第三步：或燔或炙，或歌或咢。一边听音乐，一边吃烧烤。

诗经名物志

肆

《诗经》里的动物

到底有没有熊猫

孔子说，常读《诗经》，益处多多，其中之一就是可以"多识于鸟兽草木之名"。《诗经》三百余篇，提及有名的动物一百余种：不但不乏飞空走陆的鸟兽，形形色色；并且常见潜水跳梁的鱼虫，纷纷扬扬。然而，里面到底有没有我们珍爱的大熊猫呢？

光绪进士、旧版《辞源》的编者傅运森尝对鲁迅的胞弟、生物学家周建人讲过，古时候所谓"貔貅"，大概指的就是熊猫，但并不是十分肯定。被国内外同行称作"大熊猫之父"的张和民教授则直接提出貔貅即熊猫的古名，依据乃清代著名诗人王士禛《陇蜀余闻》中的记载："貔貅产峨嵋，自木皮殿以上林木间有之。形类犬，黄质白章，庞赘迟钝，见人不惊，群犬常侮之，其声似念陀佛，非猛兽也。"修订本《辞源》"貔貅"条也引了这段古文，接着补充道："或谓即熊猫。"其实，王氏后面还有这样一句："予按《毛诗陆疏》云：'貔似虎，或曰似熊，一名执夷，一名白狐，辽东人谓之白罴。'与此差异。"不知何故，各家却熟视无睹。《毛诗陆疏》乃三国吴人陆玑《毛诗草木鸟兽虫鱼疏》之简称，王氏认为峨眉山上的貔貅跟《大雅·韩奕》"献其貔皮，赤豹黄罴"之貔不是同一种动物，因前者常被犬欺，"非猛兽也"，而后者似虎似熊，实属猛兽。古今大多数注家都取白狐一说，当可信从。貔皮色白，遂能跟赤豹、黄罴在视觉上产生鲜明的对照与搭配。

1975年，汉薄太后南陵（又称"薄姬冢"，位于西安市灞桥区狄寨街道鲍旗寨村）的从葬坑中出土了一具完整的、有轻度石化的大熊猫头骨（其下颌骨今藏南通博物苑）。经实测，其颅全长312.7毫米，基底长256.5毫米，颅高159.25毫米，颚长136.4毫米，吻宽76.7毫米，眶间距51毫米。这些数据与20万年前的化石熊猫颅骨相比约小1/8，而接近于现生熊猫。笔者觉得，司马相如《上林赋》所谓"猛氏"指称的就是它。

流沙河先生曾同笔者讲过，《召南·驺虞》"吁嗟乎驺虞"说的即熊猫；他在《老成都——芙蓉秋梦》一书内也称，前蜀王建登极后出现的祥瑞"驺虞"也是熊猫。对此我不敢苟同。与《诗经》时代相近的《山海经》曰："林氏国有珍兽，大若虎，五采毕具，尾长于身，名曰驺虞。"驺虞五彩毕具，绝非黑白相间的熊猫（棕白相间的也有，但极为罕见）！刘伯温《郁离子》曰："西方有兽，斑文而象虎，名曰驺虞，其性好仁，故出则天下偃兵。"这些描述解释了它的祥瑞功能，显然亦非大熊猫的特征。《诗经》的权威注本《毛传》云："驺虞，义兽也。白虎，黑文，不食生物，有至信之德则应之。"《毛诗草木鸟兽虫鱼疏》亦云："驺虞，即白虎也。黑文，尾长于躯。不食生物，不履生草。君王有德则见，应德而至也。"关键词也均为虎，猛兽也。今有人说1985年2月9日在四川通江县龙凤乡发现的似鹿非马、似牛非羊的四眼怪兽即驺虞，又有人说其实是白化的王猎豹，简直一个比一个离谱，天也不晓得谁是谁非了。

"鸿"咋成了虾蟆

《诗经》内有没有大熊猫且另说，但肯定没有小虾蟆。《邶风·新台》"鱼网之设，鸿则离之"一句比喻事与愿违，讲的是女子本想嫁个如意郎君，却配了个丑汉。有学者却自作聪明，认为鸿不够丑，便将其释为虾蟆，这是把《新台》抽离《诗经》语境而后做出的臆断。别篇"鸿"字皆不作虾蟆解，为何此篇独然？而且《诗经》鱼、鸟并提的现象极其普遍，"鱼网之设，鸿则离之"亦不例外。

苏联学者阿尔森·古留加《康德传》里有这样一段意味深长的话："本来自由应当使人超出动物，可实际上人却比动物还要低下，因为他更易于顺从。除了屈服于暴力之外，再没有比盲从更危险的事情了。盲从或者表现为对物（如对舒适和奢侈）的依赖或者表现为对观念的依赖。人控制物比控制观念更容易，因此对观念的盲从就更加愚蠢和更应遭到蔑视。"现当代诗经学界就有类似的盲从现象，而且一从就从了将近八十年。

1935年，闻一多发表《诗新台鸿字说》一文，首次将"鸿"阐释为"蟾蜍，即虾蟆"。1945年，闻氏又发表《说鱼》一文，否定了前说："旧说这是刺卫宣公强占太子伋的新妇——齐女的诗，则鱼喻太子（少男），鸿喻公（老公）。‘鸿’‘公’谐声，‘鸿’是双关语。我从前把这鸿字解释为虾蟆的异名，虽然证据也够确凿的，但与《九罭》篇的鸿字对照了看，似乎仍以训鸟名为妥。”

1947年，郭沫若却在《闻一多全集·序》中大肆击赏前一个观点：“这确是很重要的发现。要把这‘鸿’解成虾蟆，然后全诗的意义才能畅通。全诗是说本来是求年轻的爱侣却得到一个弓腰驼背的老头子，也就如本来是想打鱼而却打到了虾蟆的那样。假如是鸿鹄的鸿，那是很美好的鸟，向来不含恶义，而且也不会落在鱼网子里，那实在是讲不通的。然而两千多年来，差不多谁都以这不通为通而忽略过去了。”

嗣后，余冠英《诗经选》（1956，1979），高亨《诗经今注》（1980），袁梅《诗经译注（国风部分）》（1980），袁愈荌、唐莫尧《诗经全译》（1981，1991），时萌《闻一多朱自清论》（1982），蓝菊荪《诗经国风今译》（1982），陈子展《国风选译（增订本）》（1983。陈氏同年出版之《诗经直解》却翻“鸿”为“野鹅儿”，并注曰：“鸿，涉禽，鸭科，雁亚科。其色彩似原鹅”），刘烜《闻一多评传》（1983），刘又辛、林序达《古代汉语通论》（1984），《中国历代诗人选集·诗经选》（1984），程俊英《诗经译注》（1985），余冠英《诗经选译》（1985），杨任之《诗经今译今注》（1986），向熹《诗经词典》（1986初版，2014修订本），黄素芬《〈诗经〉赏析》（1987），吕恢文《诗经国风今译》（1987），陈子展、杜月村《诗经导读》（1990），程俊英、蒋见元

《诗经选译》（1990），袁梅《白话四书五经·诗经》（1992），葛培岭等《白话四书五经·诗经》（1992），蒋见元、朱杰人《诗经要籍解题》（1996），王锦厚《闻一多与饶孟侃》（1999），雒三桂、李山《诗经新注》（2000），沈泽宜《诗经新解》（2000），程俊英、蒋见元《诗经》（2000），王承略《毛诗品物图考》（2002），刘天泽等《十三经辞典·毛诗卷》（2002），刘道英《诗经》（2002），金启华、朱一清、程自信《诗经》（2003），周振甫、徐名翚《诗经选译》（2005），公木、赵雨《诗经全解》（2006），刘松来《诗经三百首详注》（2009），周振甫《诗经译注（修订本）》（2010），闻黎明《闻一多的诗经学研究轨迹》（2010），刘建生《诗经精解》（2012），夏传才《诗经学大辞典》（2014），李山《诗经析读：全文增订插图本》（2018），袁梅《诗经译注》（1999，2019），等等，诸如此类的专著或论文都赞同、援引或采用了闻一多1935年的结论，除了缺乏自己的判断之外，恐均或多或少受了郭沫若的谬赞的影响。

此"猫"非彼猫

有趣得很，《大雅·韩奕》里的"貔"虽说不是熊猫，但它的前面却有熊有猫，您瞧："孔乐韩土，川泽訏訏，鲂鱮甫甫，麀鹿噳噳，有熊有罴，有猫有虎。"这几句的大意为：西周的诸侯国韩国（今河北省固安县境内）真是一方乐土，河川湖泊宽又广，鲂鱼鱮鱼大而长，麀儿鹿子多而壮，又有熊和罴，又有猫和虎。之所以列举这些动物，再加上后面的"献其貔皮，赤豹黄罴"，都是为了形容地处华北平原北部的韩国地大物博。而吹捧韩土，又是为了拍周天子的马屁，诚如《诗序》所指出的，"尹吉甫美宣王也，能锡命诸侯"，而创作了《韩奕》一诗。

这个幸运的诸侯就是韩国之主、年轻有为的韩侯。为了维护周王朝北部边陲的稳定，周宣王册命韩侯，将北方的两个少数民族小国赐给他管辖，他遂入朝觐见谢恩，最后得了豪华礼品、吃了珍馐美馔不说，还迎娶周厉王的外甥女荣归故国。这位皇室女子姓姞，父亲孔武有力，带兵打仗可谓无国不到、无远弗届，但他偏偏就看上了韩国，选作宝贝女儿的归宿。住进壮观高敞的韩城，姞美人也感到非常满意而欢乐。

诗人尹吉甫将"川泽訏訏，鲂鱮甫甫，麀鹿噳噳，有熊有罴，有猫有虎"诸句安排在父女俩的态度之间，应该是颇有深意的。寥寥几笔，却有"牢笼万物而包孕古今"之势。生态好，动物多，便可从侧面反映韩国的美丽与富庶，就如当今对外宣传四川省，旁的不提，光是"大熊猫之乡"这一张名片就足以吸引八方游客了。魴鱮、麀鹿、熊罴以及虎暂且不表，下面先专门谈谈这个猫。

猫为在昼夜都活动的无节律性哺乳动物，猫与人一样都拥有立体的视力。长久以来，人们一直以为猫无法分辨颜色，但近年的研究发现，猫并非色盲。但美国电影《人鬼情未了》特写猫能见到鬼魂，显然是太高看猫的视力了，而动物学家乔治娜·盖茨所谓"猫在白天看一切东西都是灰色的"又太低估猫的视力了。猫的听觉好得惊人，人类的耳朵最多可以听到2万赫兹的声波，它却能够听见5万赫兹的超声波。难怪它除了有时吃蛙、蛇、鱼等外，最喜捕食狡黠的老鼠，好展露展露它那宝石样的眼光、雷达样的听觉、抓钉样的爪子。但此猫非彼猫。

《毛传》曰："猫，似虎，浅毛者也。"《韩奕》之猫是一种猛兽，形似虎而毛短，又叫虪猫。《尔雅·释兽》云："虎窃毛谓之虪猫。"窃、虪都是浅的意思。《诗经今注》干脆说："猫，指一种毛色浅淡的虎。"正如罴是熊的一种，虎与猫也形神皆似（今人归虎为猫科），故而并列之。由于家猫是在汉明帝时随佛教一起传入中国的，所以此处之猫或虪猫实即别名"山猫""野狸子"的猞猁。

肆 《诗经》里的动物

"蠋"岂是星座之名

　　乡愁，近年来是个热词。作为一种情绪，它老早就已存在，只要有乡，就会有乡愁。《豳风·东山》便是一首乡愁古诗，全篇共四章，每章皆以"我徂东山，慆慆不归。我来自东，零雨其濛"诸语起兴。

　　山东大学刘宗迪教授曾串讲道，一、二两章述征夫夜行之苦况，三章遥想家中新妇独守空室之凄楚。首章云："制彼裳衣，勿士行枚。蜎蜎者蠋，烝在桑野。敦彼独宿，亦在车下。"二章云："町疃鹿场，熠燿宵行。"既云衔枚、露宿、宵行，并有鬼火明灭，显然是在晚上，既为夜间，安从得见微细之蚕虫及其蜎蜎蜷曲之态？前人之所以径以"蠋"为蚕虫，盖见下文有"桑野"二字，然"桑野"既可特指桑树林，也可泛指东方之野乃至郊野，《淮南子》云："东方曰棘林，曰桑野。"《河图括地象》也说桑野即谓东方，《东山》诗之"桑野"亦然。明乎《东山》诗之为夜征者之歌，桑野之指东方，则知所谓"蜎蜎者蠋，烝在桑野"者，实谓蜀星升起在东方，"蜎蜎"指星象连蜷蜿蜒之形态，正是龙星之形象写照。"烝"，前人或释为"实"，或释为"众"，或释为"久"，或释为"在"，或读为发语辞，都是臆断。《说文解字》曰："烝，火气上升也。"《左传》

诗经名物志

载："原襄公相礼，骰烝。"杜预注："烝，升也，升骰于俎。"则"烝"本义为上升，然则，所谓"烝在桑野"，谓蜀星刚刚从东方升起也。

刘先生以"蠋"为龙星，恕我不能赞同。"蠋"原本作"蜀"，王先谦云"蜀"当为正字——这是对的，《齐诗》《鲁诗》《韩诗》《毛诗》都一致写作"蜀"。但"蜀字谓蚕"或蜀星，则是错的。《韩非子》一再讲"鳝似蛇，蚕似蠋，人见蛇则惊骇，见蠋则毛起"，《淮南子》亦云"今鳝之与蛇、蚕之与蠋状相类，而爱憎异"。蠋实即"蜀"的后起区别字，两者皆指同一种似蚕的毒虫，故朱熹称是"桑虫如蚕者"，也叫"野蚕"或"山蚕"。司马彪却说蠋乃"豆藿中大青虫"，段玉裁则认为是"蠋蛴"，均不知何所据而言。

《东山》首章述从征兵士冒雨还乡，不用（勿士，勿事、不事也）再像战时那样衔枚而行；蠋虫尚能高高在上（烝在桑野），而"我"只能独宿于车下以避雨，言归途之苦。次章叙征夫在途中悬想家中田园将芜之景象：伊威、蟏蛸相对，鹿场、宵行相对，都是名词；《本草纲目》云："宵行，乃虫名；熠燿，其光也。"非常正确！一说宵行也像蚕，喉下有光如萤，一说就是萤，非人之夜行赶路。清人舒穆禄·多隆阿《毛诗多识》云，《东山》"首章言始归在路，二章言在路思及家室之荒凉"，恰与我说不约而同、妙合无垠。《东山》全诗四章都在反复强调天气"零雨其濛"，又咋会见蜀星或龙星升起于东方呢？

中国古代盛产大象吗

迄今为止，在古代遗存里发现的大熊猫踪迹，唯有西安南陵一处。但大象就不一样了，光是三星堆、金沙两处时代相衔接的古蜀遗址内就出土了大量的象牙。当时若无大量鲜活的象，哪来这么多象牙呢？目前尚缺乏颠扑不破的证据说明它们系从海外舶来，但早有赫赫醒目的书证能佐证它们就产自蜀地。例如，《山海经》云"岷山其兽多犀、象"，《华阳国志·蜀志》亦云"其宝则有犀、象之饶"，而左思《蜀都赋》"犀象竞驰"一句，则最为生动活泼。

都江堰建成之前，蜀地常有洪水泛滥，人们苦不堪言，但见犀牛、大象均会戏水而不怕水，以为它们有特异功能，遂崇而拜之。2013年成都天府广场出土的石犀和古蜀遗留下来的象牙，无可辩驳地证明了犀象崇拜曾是古蜀国的全民信仰。《周礼》认为："若欲杀其神，则以牡樟午贯象齿而沉之，则其神死，渊为陵。"牡樟即无姑，是一种乔木，又叫姑榆。先将姑榆木棒中间打孔，再以象牙贯穿之，然后将二者绑好成十字形，沉入水中，便可镇杀兴风作浪造成洪水的精怪。水怪一死，"深谷为陵"（《小雅·十月之交》）；换《圣经》的话说，就是"洪水消退"，"山顶都现出来了"。沉象牙以杀水妖，跟李冰沉石犀以御水怪，在古代方术家的眼中，是同样的用意，有同样的功效。正如作家蒋蓝所分析的："这一动因不外乎两点，第一，大象是古蜀国的崇拜物，被人们视为保护神。第二，大象天性喜水，大象对洪水具有预感。作为陆地上体格最大的犀与象，一直是古蜀国的避水神物。"

先秦时期中国不单蜀地盛产大象。20世纪，学者们就已指出："商为服象之民族，春秋、战国时楚犹有象，且以供役。"武丁时代的一块甲骨上的刻辞说，打猎时获得一象。表明在殷墟发现的亚化石象必定是本地的。河南省原来称为豫州，这个"豫"字就是一人牵一象的标志。不仅如此，巫山大溪文化遗址、河南安阳妇好墓、山东大汶口文化遗址、浙江余姚河姆渡遗址均发掘出土了大量的象牙或象牙器，这些都是地下的证据。《诗经》则提供了纸上的旁证。

象牙除被古人拿来搞祭祀活动，如《周礼》所记；且能治疗疾病，如《图经本草》《海药本草》等中药古籍所载；之外还是上等的手工艺原料，譬如《鄘风·君子偕老》里的"象之揥也"与《魏风·葛屦》里的"象揥"，就是贵族们日用的象牙发饰。这两句内的"象"和《小雅·采薇》"象弭"、《礼记·玉藻》"笏，天子以球玉，诸侯以象"、《离骚》"杂瑶象以为车"之"象"皆为"象齿"的省称。跟《玉藻》《离骚》一样，《君子偕老》里与"象"并提的也是"玉之瑱也"，《鲁颂·泮水》则径称"象齿"为"琛"，可见象牙向来都是如玉一样的好东西。

《诗经》既是中国最早的诗歌总集，也是韵律优美的博物学宝库，正如司马迁所概括的——"《诗》记山川、溪谷、禽兽、草木、牝牡、雌雄"，可谓包罗万象，举一千从。其中牝牡雌雄的动物尤其惹人注目，它们数目众多，出镜率极高，当然围绕它们的谜团也不少，上面择几例试作解析，所谓尝鼎一脔，窥豹一斑，亦足见其大略矣。

"关关"有可能不是鸟叫声

"关关雎鸠，在河之洲。"在河洲上干什么呢？《周南·关雎》全诗并没有说。有人说雎鸠在求偶，又有人说雎鸠在捕鱼，其实无一逃出"添字注经"的泥沼，都是想当然的臆测。此句比喻并兴起"窈窕淑女，君子好逑"之咏叹，只能说明此雎鸠是一雌一雄两只。何以见得？答案就在这个关字之上。《说文·门部》云："关，以木横持门户也。"雎鸠两只并肩而立，正像被门闩闩住的两扇木门并列在一起一样，此之谓关关，所谓"雄雌相得"之貌也。

《诗经》里凡以叠词表现动物的鸣叫声，句中都有"鸣"字：

（黄鸟）其鸣喈喈（《周南·葛覃》）

雝雝鸣雁（《邶风·匏有苦叶》）

鸡鸣喈喈……鸡鸣胶胶（《郑风·风雨》）

呦呦鹿鸣（《小雅·鹿鸣》）

鸟鸣嘤嘤（《小雅·伐木》）

萧萧马鸣（《小雅·车攻》）

（鸿雁）哀鸣嗷嗷（《小雅·鸿雁》）

鸣蜩嘒嘒（《小雅·小弁》）

只有《小雅·出车》"仓庚喈喈"一句除外。"仓庚"是联绵词，不能拆分，而且在这四字句中也不能再加入"鸣"字，所以可以看作特例。而"雎鸠"是可以单称的，如《说文·鸟部》："鵙，王雎也。""鵙"即"雎"的异体字。

《说文》经常直接拆分《诗》句作为词条和释义，以《口部》诸字为例，就有"喈，鸟鸣声也"，取自《周南·葛覃》；"嘤，鸟鸣也"，取自《小雅·伐木》；"呦，鹿鸣声也"，取自《小雅·鹿鸣》。如果关关是拟声词，《说文》依例应该这样写："关，鵙鸣声也。"然而并没有，似亦可证关关不是雎鸠的叫声。

逑，陆德明谓"本亦作仇"，是也，《周南·兔罝》正作"好仇"。"仇"系"雠"之借字，《说文》曰"雠，双鸟也"，恰能呼应"关关"之貌。若曰"关关，雠也"，亦无不可。实则，好逑（好仇）连言，应读若"配偶"（《诗序》写作"妃耦"），单言即"雠"也。"窈窕淑女，君子好仇"，淑女者君子之雠也；此不单与《兔罝》用词不异，句型亦同于"赳赳武夫，公侯好仇"，前云淑女是君子的配偶，后云武夫是公侯的搭档。然《诗经》无"雠"字，而代以"隅"字。《大雅·抑》"抑抑威仪，维德之隅"，"隅"即"偶"之假借（说详《泽螺居诗经新证》卷中）。仿此，"窈窕淑女，君子好仇"完全可写作"窈窕淑女，君子之隅"，"赳赳武夫，公侯好仇"亦可写作"赳赳武夫，公侯之隅"。

若关关是鸟叫声（有人说"关关"就是《小雅·车

诗经名物志

鳌》、上海博物馆藏战国楚简《逸诗·交交鸣乌》之"间关",我不以为然。另,"交交鸣乌"也是上述那种"叠词+鸣"的句型),《关雎》也完全可以像上引诸句那样,写"关关雎鸠"作"关关鸣雎""雎鸣关关""关关雎鸣"或"鸣雎关关",然而并没有。"关关雎鸠"的句型实际上更接近《小雅·四牡》《小雅·南有嘉鱼》的"翩翩者雉",前面的叠词都是对后面的鸟类的状态描述,而非声音模拟,"关关雎鸠"其实就是"关关者雎鸠"的意思。

"关关雎鸠",可简省为"关雎",并用作篇名,因为单言"关"和迭言"关关"都不是拟声,一字或叠词都足以描摹雎鸠雄雌相得的样子。而"呦呦鹿鸣"也是诗的开头第一句,却不省作《呦鹿》以名篇,只因呦呦是拟声叠词,不宜分开来独用(《说文》的做法是字典体例所限,另当别论)。若学《鹿鸣》记篇名为《雎鸠》,就没法强调其雄雌相得,而失去了列为《诗经》之首的意义(《毛诗序》云,《关雎》,"风之始也,所以风天下而正夫妇也"。)

《诗经》里的动物

鸠

"《春秋》三传"之一的《左传》记载,春秋时郯国的祖先少皞登基即位之时,有凤鸟莅临他的践祚大典。因此,他后来就一律移用鸟名来作为自己朝廷的官名,其中包括"五鸠":

> 祝鸠氏,司徒也;雎鸠氏,司马也;鸤鸠氏,司空也;爽鸠氏,司寇也;鹘鸠氏,司事也。

"祝鸠氏"等是少皞一朝专用的官名,《左传》为了说明它们的职能便拿西周时始置、春秋时沿用的"司徒"等官名来做注解。今天的我们通过查辞书还可以知道司马是掌管军政和军赋的官,却不容易弄懂雎鸠是个什么鸟。第一个在《诗经》里出场的既不是什么显赫的人物,也并非什么悦目的植物,而是雎鸠这个身份不明的动物。它跟《周易》开篇中的"龙"、《庄子》开篇中的"鲲鹏"一样,千百年来一直被猜来猜去,公说婆说,莫衷一是。

明代著名的南曲戏文、汤显祖所作《牡丹亭》第七出描写那位家庭教师一开课,就叫女弟子杜丽娘念起书来——

关关雎鸠，

在河之洲。

窈窕淑女，

君子好逑。

    然后，他老先生讲道："雎鸠是个鸟，关关，鸟声也。"其实，还可以像南宋理学大师、教育家朱熹那样根据"在河之洲"进一步推断出它是一种"水鸟"（朱熹《诗集传》卷一）。但在《牡丹亭》的下文中，汤显祖却通过杜小姐的陪读丫鬟的插话点明雎鸠是"斑鸠"。同为明代人的杨基在其《眉庵集》卷一里有一首《久雨》诗，内中两句说："今朝雨声绝，又听斑鸠啼。"据悉斑鸠啼叫是要下雨的前兆，所以《全唐诗》卷八八〇《占雨》诗云"朝霞不出门，暮霞行千里。天将雨，鸠逐妇"，宋范成大《晓发飞乌，晨霞满天，少顷大雨。吴谚云"朝霞不出门，暮霞行千里"，验之信然，戏纪其事》诗云"古来占滂沱……逐妇鸠能拙"，其语源至少可以追溯到三国吴人陆玑《毛诗草木鸟兽虫鱼疏》卷下《宛彼鸣鸠》：

    祝鸠，灰色，无绣项，阴则屏逐其匹，晴则呼之，语曰"天将雨，鸠逐妇"是也。

    如此看来，斑鸠就是祝鸠，而非雎鸠。

    年长于汤显祖的医药学家李时珍在其《本草纲目》禽部第四九卷内也认为祝鸠即斑鸠，而雎鸠即"鹗"，又名"王睢""下窟乌""沸波"等，并逐一进行阐述：

> 鹗状可愕，故谓之鹗；其视睢健，故谓之
> 睢；能入穴取食，故谓之下窟乌；翱翔水上，扇
> 鱼令出，故曰沸波。《禽经》云："王睢，鱼鹰
> 也。"……鹗，雕类也（参看焦循《毛诗草木鸟兽
> 虫鱼释》卷一："尝求之大江南北，有好居渚沚而
> 食鱼者，正呼为鹗，读若五各切，即王之入声。
> 盖缓呼之为王睢，急呼之为鹗。此古之遗称尚可求
> 诸土语者。"——作者按）。似鹰而土黄色，深目
> 好峙。雄雌相得，鸷（通"挚"——作者按）而有
> 别，交则双翔，别则异处。能翱翔水上捕鱼食，江
> 表人呼为食鱼鹰，亦啖蛇。《诗》云"关关睢鸠，
> 在河之洲"即此。其肉腥恶，不可食。陆玑以为
> 鹫，扬雄以为白鹢，黄氏以为杜鹃，皆误矣（参看
> 陆容《菽园杂记》卷九"睢鸠"条——作者按）。
> 《禽经》云："鸠生三子，一为鹗。"鸠，尸鸠
> 也。杜预以王睢为尸鸠，或以此也。

显然，《左传》的权威注家杜预的说法也是错误的，尸
鸠即鸤鸠，也不是睢鸠（清人袁枚《随园诗话》卷三："在
河之洲者，斑鸠、鸤鸠皆可在也，何必'睢鸠'耶？"言外
之意，睢鸠既非斑鸠，亦不是鸤鸠）。但鸟纲隼形目鹰科的
鹗从古至今确有鱼鹰这个别称，与鸟纲鹈形目鸬鹚科的鱼鹰
同名异体。误以睢鸠为鹫还情有可原，因为鹫与鹗都是同科

的猛禽，外形相似，鹫与鸠读音又相近。而把鸟纲鹃形目杜鹃科的杜鹃跟它相混淆，就太不应该了。

鹗又叫鱼雕，所以李时珍说它是"鵰类"（语本《尔雅·释鸟》东晋郭璞注），"鵰"即"雕"的异体字。体长约560至610毫米。头顶和后颈羽毛白色，有暗褐色纵纹，头后羽毛延长成矛状；背部黑褐色，杂有白色小斑；从耳羽到颈侧有宽阔的黑色纵斑。上体暗褐，下体白色，在上胸有暗褐色粗纹。嘴黑色；蜡膜暗蓝色；跗跖和趾黄色，趾尖具锐爪，爪黑色。趾底遍生细齿，外趾能前后转动，适宜捕捉油滑的鱼、蛇、蛙。多活动于江河、湖沼及海滨，常停落在岩壁或乔木树枝上，营巢于海岸或岛屿的岩礁上，有的也在湖沼、河流附近的乔木上筑巢。繁殖期为2月至6月，卵为灰白色，有赤褐色粗斑。国内主要分布于内蒙古、东北、华北、甘肃、宁夏、青海、新疆、西藏、浙江、山东、四川、云南等地，有的冬季会迁移到华南一带。在周代则见于周南地区，根据《周南·汝坟》《周南·汉广》等篇可以推见其疆域北到汝水、南到江汉合流即武汉地区，汉儒认为大抵在今陕西、河南之间，所以诗人能在黄河中央的沙洲上看到雎鸠，而"关关雎鸠"一诗后被收入《诗经·周南》。

从李时珍的描述来看，雎鸠是如此"可愕"可怕，那么先秦的诗人又为何要以它来兴起淑女与君子的情事呢？原来，关键就在于"雄雌相得，鸷而有别，交则双翔，别则异处"云云。这虽然比《诗经》的权威注本《毛传》"挚而有别"、朱熹《诗集传》所谓"生有定耦（通"偶"——作者按）而不相乱，耦常并游而不相狎"（这是对"挚而有别"做出的解释）要详细一点，但终究不如清代学者俞樾所谓"目验者说经"来得醒豁。俞樾在其《茶香室丛钞》卷一"关雎"条节引了宋人王铚《默记》中一则真实的故事：

> 李公弼，字仲修，初任大名府同县尉，因检验村落，见所谓鱼鹰者飞翔水际，问小吏，曰："此关雎也。"因言此禽有异，每栖宿，一窠中二室。仲修令探取其窠观之，皆一窠二室，盖雄雌各异居也，因悟所谓"和而别"者以此。

"和而别"是对《毛传》"后妃乐君子之德，无不和谐，又不淫其色，慎固幽深，若关雎之有别焉，然后可以风化天下。夫妇有别则父子亲，父子亲则君臣敬，君臣敬则朝廷正，朝廷正则王化成"的高度概括。在古人眼中，雎鸠的配偶是命运注定的，而非相亲相出来的。它们在谈恋爱的时候，可以"关关"地一唱一和，但绝不轻佻地动手动脚，只"骂俏"，不"打情"。于是，诗人由此联想到了具有相同德性的淑女与君子。不仅如此，"关关"的鸟鸣声还跟《关雎》后文的"琴瑟""钟鼓"之音遥相呼应，达成了一种虚实互补、人禽共处的和谐情境，使人们对雎鸠行为所作的那些移情式诠释显得不再牵强而突兀，仿佛它和淑女、君子一样生来就是"挚而有别"这类懿行美德的载体，而非后天人为所附加。

为什么说"关关"是雌雄雎鸠的唱和之声呢？（对"关关"不同的诠释见本书《"关关"有可能不是鸟叫声》一

篇）。除了现存最早的《诗经》的完整注本《毛传》讲"关关，和声也"之外，西汉今文《诗》学之一的《鲁说》也认为"关关，音声和也"，东汉的《郑笺》同此。从此迄今，众口一词，大家几乎都公认关关是雎鸠的雌雄"和鸣"（南朝顾野王《玉篇》），这大概是通过下文的"淑女"（《毛传》认为指"后妃"）、"君子"反推出来的。不过也有人提出雎鸠单指君子，例如清代学者崔述《读风偶识》云"细玩此篇，乃君子自求良配，而他人代写其哀乐之情耳"，当代学者孙作云《诗经与周代社会研究·诗经恋歌发微》也说"《诗经》的第一篇《关雎》是男子所唱的恋歌，首两句也用捕鱼的'鱼鹰'来象征男子向女子求爱"。雎鸠是猛禽，又曾是武官之名，说它兴起并比喻君子完全顺理成章。现代学者闻一多却不愿苟同此说，他认为雎鸠单指淑女，其《古典新义·诗经通义·周南》曰：

> 自来说雎鸠者，咸以为鹰鸷鹍鸠之类，此盖因《左传·昭公十七年》"雎鸠氏司马也"而误。不知《诗》之雎鸠，与《左传》之雎鸠，名虽同物而实则异指。旧传鹰与鸠转相嬗化（见《月令》《王制》《吕览》《夏小正》）。《左传》五鸠之雎鸠司马，爽鸠司寇，皆神话中与鹰相化之鸠。《诗》之雎鸠，以兴女子，乃真生物界之鸠。学者不察，混为一谈，过矣。

这一看法虽然比较新颖，但难以服人。首先，《月令》

《诗经》里的动物

等古籍所载"正月，鹰化为鸠；五月，鸠化为鹰"云云只是古人自以为是的物候记录，是无心犯的错，而不是有意捏造的神话。再者，古人有把"鸠"训为"祝鸠"的，见前引《毛诗草木鸟兽虫鱼疏》；也有训为"鸤鸠"的，如《毛传》；也有训为"鹘鸠"的，如《说文解字》；也有训"鸠为五鸠之总名"的，如清朝训诂学家段玉裁，但从无将"鸠"单独训作"雎鸠"的先例。我们可以说与鹰相化之鸠也许包含着雎鸠，但不能说它就是雎鸠；可以将《诗经》之雎鸠与《左传》之雎鸠混为一谈，但不能将鸠与雎鸠混为一谈。

南宋史学家郑樵《通志》卷七五《昆虫草木略·序》认为："凡雁鹜之类，其喙褊（同"扁"——作者按）者，则其声关关；鸡雉之类，其喙锐者，其声鷕鷕。此天籁也。雎鸠之喙似凫雁，故其声如是，又得水边之趣也。"这种说法并不强调什么"二鸟和鸣"（宋陈彭年等编《广韵》），如果再参考明初文学家高启为《芦雁图》题诗的故事，就更容易将雎鸠定性为雁类了：

> 高季迪（启）年十八，未娶。妇翁周仲建有疾，季迪往唁之。周出《芦雁图》命题，季迪走笔赋曰："西风吹折荻花枝，好鸟飞来羽翮垂。沙阔水寒鱼不见，满身风露立多时。"仲建笑曰："是子求室也！"即择吉，以女妻焉。（明詹詹外史《情史》卷十二《情媒类·高季迪》）

不过问题是郑氏之说与《小雅》"鸿雁于飞，哀鸣嗷嗷"完全矛盾，所以，雎鸠似雁云云显然也极不靠谱。有趣的是，我们倒可以受高氏之诗的启发，认为"不见"于《关雎》的"鱼"是用来"兴女子"即淑女的，而"雎鸠"则兴起"将求室"的君子。

现代科学家的研究表明：鸣叫是鸟类在外界环境条件刺激下的一种复杂的反射性反应，可分为叙鸣和啭鸣两种。叙鸣是日常生活中雌雄鸟都能发出的鸣叫，是鸟类对环境刺激做出的一种保护性或防御性的反应，有时还是一种求食的反应。而啭鸣只是雄鸟在繁殖季节里所特有的一种鸣叫，是鸟类的一种婚期行为，和鸟的性腺活动有关，并受到内分泌物的支配。如果《关雎》真是以雎鸠求鱼象征男子求女，那么"关关"就是雄雎鸠的啭鸣之声；如果"雎鸠"兼指淑女、君子，那么"关关"就是雌雄雎鸠的叙鸣之声。当然，我们古代的诗人不可能这么泾渭分明，所以"关关"也不妨被理解为鸟类婚期中的雌雄共鸣，甚至还可以像十六国时史学家常璩在其《华阳国志·巴志》中所记诗句"关关黄鸟，爰集于树。窈窕淑女，是绣是黼。惟彼绣黼，其心匪石。嗟尔临川，邈不可获"那样把"关关"理解为雌鸟的悲鸣惨叫（参看《巴志》所载本事）。

一切皆有例外，有些当代学者认为《诗经》中凡以叠字表现动物的鸣叫声，除《小雅·出车》"仓庚喈喈"一句外，句中都说出"鸣"字。"仓庚喈喈"一句由于"仓庚"是联绵词，在四字句中不能再加入"鸣"字，所以可以看作特例。而"雎鸠"与"仓庚"不同，是可以单说一个字的，如《说文解字·鸟部》之"鴡"（雎的异体字）。另一方面，叠字用以形容动物，举凡句中不出现"鸣"字的都不是拟声。因此，有理由怀疑"关关"不是拟声词，或者应该遵循《说文解字·门部》"关，以木横持门户也"之意训"关关"为"雄雌相得"之貌，就像被闩住的两扇门并肩而立，"常并游而不相狎"。我个人认为，这种看法也有道理，可以存疑待考。

《召南》的第一篇《鹊巢》里也有个不明身份的"鸠"——

维鹊有巢，
维鸠居之。
之子于归，
百两御之。

维鹊有巢，
维鸠方之。
之子于归，
百两将之。

维鹊有巢，
维鸠盈之。
之子于归，
百两成之。

《毛传》解释道："鸠，鳲鸠，秸鞠也。鳲鸠不自为巢，居鹊之成巢。"秸鞠又写作拮掬、鹄鵴，音转为挈谷、击谷，又有乘鸠、桑鸠、郭公、获谷、勃姑、拨谷、布谷等名，即鸟纲鹃形目杜鹃科之大杜鹃，南宋方逢辰《名物蒙求》区而别之曰"鸤鸠鸣雨，布谷催耕"，误。"勃姑""拨谷""布谷"等是对它的叫声的拟写，《山海经》称其为"其名自号""其鸣自呼"等，其实是人们听了它"二声一度"的叫声后加进了人的思想感情编造出来的（参看钱锺书《宋诗选注·周紫芝·禽言》注1）。它在每年的4月间从印度、东南亚一带越冬地迁飞到我国境内，一来就喜欢鸣叫，清晨叫，黄昏叫，甚至昼夜不停地叫，叫声洪亮，音似"布谷"，有时常接连鸣叫半个小时，这时正是春耕春播季节，故被人们称为布谷鸟，而唐诗人杜甫也吟咏出"布谷处处催春种"的句子。"好学博古，善天文阴阳之术"的大臣襄楷在给汉桓帝的上疏中说："臣闻布谷鸣于孟夏"（南朝宋范晔《后汉书》卷三十下），夏季布谷几乎已经遍布全国各地了。

大杜鹃体长33至35厘米，整体朴素清秀，逗人喜爱。雄鸟上体呈暗灰色，两翼表面暗褐。尾羽沿羽干两侧及内缘有白色细点，其余部分黑色。颏、喉、上胸以及头、颈的两侧淡灰色，下体其余部分白色中杂有黑褐色横斑。雌鸟羽色相似，但上体灰色沾褐，胸呈棕色。雌鸟还有另外的色型：上体及下体前部满布栗红、黑褐两色相间的横斑。它们大都分布在海拔1600米以下的开阔林地，常栖息在树顶或单独在林间觅食，吃的食物全为昆虫，而且大都是林业害虫。特别嗜吃松毛虫，是除治松毛虫的能手。据统计，一小时能啄食松毛虫100只。但当松林发生松毛虫灾害时，如果想用人工挂鸟箱的方法招引它们来治虫则肯定要失败，因为大杜鹃"不自为巢"，不入巢，也不育雏，而是把卵产出寄放在松鸦、苇莺等鸟巢中，让莺替它孵卵哺雏。雏鹃比雏莺大，到将长成时，甚至比母莺还大。雏鹃孵化出来之后，每将雏莺挤出巢外，任它啼饥号寒而死，自己却独霸着"养母"的哺育。莺受鹃欺而不自知，辛辛苦苦地哺育着比自己还大的雏鹃，真是一件令人生气、令人流泪的事情。大杜鹃5月开始产卵，代孵期15天左右，哺育期20多天，等到羽毛丰满，即远走高飞，10月份又回南方越冬去了。

《禽经》"鸠拙而安"旧题西晋张华注也说："鸠，鸤鸠也。《方言》云：'蜀谓之拙鸟，不善营巢，取鸟巢居之，虽拙而安处也。'"在《诗经》中，鸠则"居鹊之成巢"。不过偶尔也有杜鹃会在空地上下蛋，并且孵抱、哺养它的幼鸟，这种稀罕事大概是久已失去了的原始造巢本能的重现（详见英国达尔文《物种起源》第八章《本能》）。古人但见别类鸟巢中育出了雏鹃，便误认杜鹃为第三者。所以，英文"cuckoo"（杜鹃）又含"cuckold"（奸夫）之意，例如骂男性第三者为"a cuckoo in the nest"（巢中之鹃。详参四川文艺出版社2001年版《流沙河短文》第246页）。

清朝经学家、戏曲理论家焦循并不反对训鸠占鹊巢之鸠为鸤鸠，但他却不承认鸤鸠是布谷，其《毛诗补疏》举证道：

诗经名物志

崔豹《古今注》云："鸲鹆一名鸤鸠。"严粲《诗缉》引李氏说："今乃鸲鹆也。鸲鹆，今之八哥。"李时珍《本草纲目》云："八哥居鹊巢。"萧山毛大可（即毛奇龄——作者按）亦据目所亲验以八哥占鹊巢，断鸤鸠为鸲鹆，见《续诗传鸟名》。余书塾后柘颠有鹊巢，已而有卵自巢坠下，则鸲鹆卵。盖鹊巢避岁，每岁十月后迁移，其空巢则鸲鹆居之。

鸲鹆又写作鸜鹆，后来南唐李后主见"鹆"与自己的名字"煜"同音，便"改鸜鹆为八哥，亦曰八八儿"（宋顾文荐《负暄杂录·物以讳易》）。看来，跟雎鸠与鸬鹚同有鱼鹰之名一样，八哥与布谷则同有鸤鸠之名。相形之下，八哥占鹊巢似乎要比布谷占鹊巢文明一点。据焦循的观察，每年农历十月之后，喜鹊要迁移到其他地方去避太岁（参看《博物志》卷四《物性》："鹊巢门户避太岁，此非才智，任自然也"），八哥见其留下空巢，便搬了进去，好像主要也是为了产卵。由此观之，《晋书》"乌鹊争巢，鹊为乌杀"、《隋书》"乌鹊通巢"都只不过是些空穴来风似的喻辞罢了。要不然，就是乌鸦替八哥或布谷背了黑锅，真比窦娥还冤！小时候，我也曾好奇地眺望过那高树丫间的鹊巢，但喜鹊究竟会不会盲目地帮八哥或布谷带孩子，却不得而知。恐怕等它度假回家，小八哥或小布谷的翅膀已经硬了、跃跃欲飞了。虽然《庄子》《荀子》等书都说每当盛世人们可以"攀援"上树"俯而窥"鹊巢，而鹊还不会被惊飞，但我终究没有足够的胆量与臂力去效仿此举、一探究竟。

八哥属鸟纲雀形目椋鸟科，体长约28厘米。体羽黑色而有光泽，喙和足黄色，鼻羽呈冠状。翼羽有白斑，飞时显露，呈"八"字形，故称"八哥"，这点李煜应该已经观察到了。八哥杂食果实、种子、昆虫等，留居我国中部、南部各省的平原和山林间。雄鸟善鸣，经笼养训练后能模仿人言的声音。八哥需经捻舌后方能教以人语，因为舌是辅助发音的重要器官。早在《禽经》里就有"鸲鹆剔舌而语"的记载，唐朝本草学家陈藏器也知道"取雏，剪去舌端，即能效人言"（陈藏器《本草拾遗》禽部），但这种用剪刀修剔舌的方法跟拿烙铁或烟头烧灼舌的方法都不及捻舌安全而有效。捻舌最好两人合作，一人将羽毛已长齐的幼鸟握住，使鸟头向前稍下倾。捻舌的人用左手握住八哥的枕部，并用左手的食指、拇指分别从鸟嘴左右插入嘴角，将鸟嘴撑开，显露鸟舌。捻舌时，右手的食指上沾些香灰（若无香灰，极细的河沙也可，但不如香灰细腻），伸入鸟嘴和拇指一起（食指在鸟舌下，拇指在鸟舌上）捏住鸟舌，随后左右捻搓，用力由轻而重。一般捻搓十几至二十余次，舌端便会脱下一层较硬的舌壳，并有微量出血，但无妨，涂些紫药水即可放回鸟笼，喂食蒸蛋米。隔两周后再用上述方法捻搓一次，这次有可能又捻下一层极薄的膜，也有捻不出的，都很正常。鸟经二次捻舌，调养两三个星期后才能开始调教它学人语。然而久经努力，它"但能效数声而止，终日所唱惟数声也"（明庄元臣《叔苴子》内编）。

古人认为由于"地气使然"（《本草纲目》"鸲鹆"

条），"鸜鹆不踰济"（《周礼·考工记》。《博物志》卷四《物性》引此作"鸜鹆不渡济水"），所以当鲁昭公二十五年（前517）夏之际，鲁国突然"有鸜鹆来巢"（《左传·昭公二十五年》），鲁大夫师己竟大感意外地说：

> 异哉！吾闻文、武之世，童谣有之，曰："鸜之鹆之，公出辱之。鸜鹆之羽，公在外野，往馈之马。鸜鹆跦跦，公在乾侯，徵褰与襦。鸜鹆之巢，远哉遥遥；稠父丧劳，宋父以骄。鸜鹆鸜鹆，往歌来哭。"童谣有是！今鸜鹆来巢，其将及乎？

他颇觉得这是不祥之兆，因为鸜鹆本来穴处于济水西边，现在却飞越过济水到了东边的鲁国，并且准备定居下来，这莫不预示着昭公将离开自己的家国？后来，鲁昭公果然逃往齐国（详见《左传·昭公二十五年》《十三经注疏·周礼注疏·考工记》）。倘若《召南·鹊巢》里的鸠就是鸜鹆，正如焦循所目睹的那样，那么刚好与师己之见相反，诗人倒觉得它非常吉利。"维鹊有巢，维鸠居之"，喜鹊在树上筑好了巢，鸜鹆便飞来居住；"之子于归，百两御之"，男方准备好新房，便用百辆马车迎娶新娘来入住：从八哥占鹊巢想到了新娘住男家。这种联想极为自然，既可以是先后关系，所谓"鹊噪则喜生"（先秦师旷《禽经》注），先见喜鹊，后出喜事；也可以是同时并进的场景，树上鸠占鹊巢、叽叽喳喳，地上男婚女嫁、热热闹闹。

传说为春秋晋国盲人音乐家师旷所作的《禽经》及西

汉辞赋家、哲学家、语言学家扬雄所著的《方言》都误认为鸤鸠即戴胜，郭璞、李时珍等辈给予了及时的否定与纠正，但1981年版的《辞源》仍说布谷又名鸤鸠、戴胜，显然是毫无察觉。且不论布谷或八哥与佛法僧目戴胜科的戴胜不同科目，单说戴胜具棕栗色显著羽冠，营巢于树洞或墙窟窿间，每窝产卵5至9个，尾脂腺能分泌臭液驱除其他动物入侵保护幼雏健康成长这些特点，也不是八哥或布谷所能拥有的。

在《诗经》中，似乎每逢"鸠"字就有谜团，开始是雎鸠，再次是霸占鹊巢之鸠，现在《卫风·氓》里那喜"食桑葚"的"鸠"也搞不清楚是个什么鸟，更甭提它是拙是巧了。一说是斑鸠，一说是布谷。李时珍等人认为斑鸠即祝鸠，布谷又名鸤鸠，而雎鸠、爽鸠作为鹰类猛禽都不吃桑葚，那么这个鸠如果不是此四者，就只能是鹘鸠了，如朱熹《诗集传》：

> 鸠，鹘鸠也，似山雀而小，短尾，青黑色，多声。……鸠食葚多则致醉。

这显然是总结《毛传》"鸠，鹘鸠也"和《尔雅·释鸟》郭璞注"似山鹊而小，短尾，青黑色，多声"等文而成，比朱熹小六岁但为朱熹所称赏的进士罗愿又在此基础上加入《左传·昭公十七年》杜预注"春来冬去，故为司事"云云，终于其名著《尔雅翼》中写出了如下这段词条：

> 鸠，春来冬去，备四时之事。故少昊（即少

鷾——作者按）以为司事之官，似山雀而小，短
尾，青黑色，多声。

其实理解《氓》意的关键并不在明白鸠为何物，诗主要
是以鸠啄食桑树的果实会导致迷醉的现象来比喻女子身陷热
恋则昏头昏脑、辨不清对象是好男人还是负心汉——

桑之未落，
其叶沃若。
于嗟鸠兮，
无食桑葚。
于嗟女兮，
无与士耽。
士之耽兮，
犹可说也。
女之耽兮，
不可说也。

这是一个弃妇在追忆自己的前尘往事之后抱怨当初用情
太过，劝告别的女子不要偏信士的"信誓旦旦"（见《氓》
末章）而去步她的后尘、蹈她的覆辙。说者"脱"也，恰好
是熟语"坠入爱河"之坠的反义词。鸠食桑葚引出女与士
耽，这让喜欢联想的我想起了《圣经》里西人始祖偷吃禁果
的情节。

《曹风》之内有一篇明确地以《鸤鸠》为题，诗云：

肆
《诗经》里的动物

鸤鸠在桑，
其子七兮。
淑人君子，
其仪一兮。
其仪一兮，
心如结兮。

鸤鸠在桑，
其子在梅。
淑人君子，
其带伊丝。
其带伊丝，
其弁伊骐。

鸤鸠在桑，
其子在棘。
淑人君子，
其仪不忒。
其仪不忒，
正是四国。

鸤鸠在桑，
其子在榛。
淑人君子，
正是国人。

正是国人，

胡不万年。

　　奇妙的是，朱熹、高亨、金启华等古今注家在此处终于统一了口径，皆一致认为"在桑"的"鸤鸠"就是布谷鸟。不啻如此，诗人还让我们领教了大杜鹃充满母爱的一面。它并不每日下蛋，而是间隔两日或三日在别类鸟窝中下蛋一次，所以就会有许多不同龄期的蛋或小鸟待在不同的树上。"其子七兮"只是一个概数，"七"一边形容小鸟多，一边跟"兮"字一起同"一兮""结兮"押阴韵（Feminine rhyme）；"梅""棘""榛"则是为了押脚韵才特别点明了的，杜鹃产卵、落脚之树并不局限于这区区三四种，读者切勿把诗语完全当成了实语或死语。虽然子女很多，但它哺喂起幼鸟来却毫无偏爱，"朝从上下，暮从下上，平均如一"（《毛传》。《禽经》注则认为斑鸠"凡哺子朝从上下，暮从下上，他鸟皆否"），让高处矮处的幼鸟们都能够利益均沾。诗以鸤鸠养儿爱子平均如一形容淑人君子仪表心里如一，显然是统治阶级文人的"歌功颂德"作品。

　　《周南·卷耳》写人怀乡，用马来衬托；《唐风·鸨羽》写人思亲，用鸟来衬托；《小雅·四牡》则兼用二者，怀乡思亲之情于是显得更加悠长了。下面，我们只扼要谈谈《小雅·四牡》中的鸟：

翩翩者雏，

载飞载下，

集于苞栩。
王事靡盬，
不遑将父。

翩翩者雉，
载飞载止，
集于苞杞。
王事靡盬，
不遑将母。

　　《说文解字》训雉为"祝鸠"，李时珍说祝鸠即"斑鸠""勃鸠"，那么雉自然就是斑鸠了。《毛诗传笺通释》的作者马瑞辰尽管赞成训雉为勃鸠，但他却认为勃鸠"俗名勃姑"，即布谷。于是，一个"鸠"字又重新牵扯出一段争歧。

　　斑鸠属鸽形目鸠鸽科，体型似鸽，大小及羽毛色彩因种类而异。在我国分布较广的如棕背斑鸠，亦称"金背斑鸠"或"山斑鸠"。上背羽毛淡褐色而羽缘微带棕色，两胁、腋羽及尾下覆羽均为灰蓝色。栖于平原和山地的树林间，食浆果、种子等。另种珠颈斑鸠，亦称"珍珠鸠"或"花斑鸠"。体羽大部暗灰褐色而具斑，颈后有黑色羽半圈，且杂以白棕色斑点，外侧尾羽黑褐具灰色羽端。多栖于平野，觅食杂草、谷类及其他种子。主要分布于我国东部、南部，西至西藏东部，为常见的一种留鸟。《简明不列颠百科全书》则说：

斑鸠，turtledove，又译欧斑鸠，欧洲和非洲北部鸟类，体长28厘米，体淡红褐色，头蓝灰色，尾尖白色。在地面觅食，吃大量小型种子。候鸟，在非洲北部越冬。灰斑鸠，棕斑鸠，原产美洲，已引至各地。

然而不管是鸟类学家抑或《诗经》学博士，都无法为我们证明"翩翩者鵻"具体为哪一种斑鸠。要了解诗意，我们还得求助于前辈的训诂。《毛传》曰"鵻，夫不也"，俞樾《群经平议·毛诗》进一步解释道：

是夫不乃孝鸟，其载飞载下，或以恋其父母使然。故诗因不遑将父、不遑将母而有感于翩翩之鵻也。

以此类推，与"翩翩者鵻……集于苞栩"云云，句式、句义都相似的"肃肃鸨羽，集于苞栩"之鸨也是个孝鸟，这显然又是古人的移情阐释。因为在《小雅·南有嘉鱼》末章中，"翩翩者鵻"无论如何也跟什么孝不孝的搭不上边、交不上界——

翩翩者鵻，
烝然来思。
君子有酒，
嘉宾式燕又思。

布谷主食昆虫，乃农林益鸟，这里是以益鸟比喻嘉宾，
烝然是众多的样子，同时修饰雏与嘉宾。比喻有多边，《四
牡》采用的是雏这个喻体的一边——孝，《南有嘉鱼》采用
的则是它的另一边——益。当然，孝、益跟雎鸠之和、鸤鸠
之拙等等都是人才有的观念。鸟类虽然各有各的自然习性，
可一旦入诗，诗人就会移一部分人情附加给它们，读者要读
懂其中的寓意，必须相应地做出移情式的阐释才行。

鸠类在《诗经》里的最后一次亮相是在《小雅·小宛》
的首章：

> 宛彼鸣鸠，
>
> 翰飞戾天。
>
> 我心忧伤，
>
> 念昔先人。
>
> 明发不寐，
>
> 有怀二人。

这个鸠即前面提到的"似山雀而小"的鹘鸠，张衡《东
京赋》所谓"春鸣"者也，朱熹等人说是斑鸠，亦通。宛就
是小的意思，小宛不过是个同义复合词。此章用在天孤飞的
小鸠兴起并比喻在外独行的小吏——"我"，二人指家中的
父母，衬托出"我"的形单影只。我们也可以将此章的作法
视为"赋"（敷陈其事而直言之者也），"宛彼鸣鸠，翰飞
戾天"便是一种饱含着感情（"忧伤"）的场景描写。如果
不拘泥于原韵，全章大致能够这样翻译：

诗经名物志

小小的鹡鸠鸟儿

一翅单飞飞上天

我的心里愁呀愁

想着从前的祖先

通宵醒着不入睡

怀念二老难相伴

鸠与老人之间会不会有着某种特殊的联系呢？《后汉书·礼仪志》中记载：

> 仲秋之月，县道皆案户比民：年始七十者，授之以玉杖，餔之糜粥；八十、九十，礼有加赐。玉杖长尺，端以鸠鸟为饰。鸠者，不噎之鸟也。欲老人不噎。

《吕氏春秋·仲秋纪》"养衰老，授几杖，行糜粥饮食"东汉高诱注引《周礼·夏官·罗氏》也说"献鸠杖以养老"，而今本径直写作"献鸠以养国老"。据说罗氏是周朝的官衔，负责掌管用罗网捕捉鸟雀。每当仲春二月，就去捕捉惊蛰后复苏的鸠来献给老人，因为鸠鸟食道畅达，是一种高级滋补品，最适宜于"养老助生气"（参看清吴仪洛《本草从新》卷十六《禽兽部·林禽类·斑鸠》）。而西汉以后，没有再沿置专门捕鸠的罗氏，就只好将玉杖之首雕成鸠状送给老人了（详见唐贾公彦《周礼注疏》及宋李昉等

《诗经》里的动物

《太平御览》卷九二一引《风俗通义》）。地下出土文物则将鸠杖的历史推进到了春秋以前，在湟源大华中庄村卡约文化遗址里发现了两件铜鸠杖（参看清曹庭栋《老老恒言》卷三《杖》），其中圆雕镂孔纹饰束翅鸠鸟恰似山雀，而"犬戏牛"杖首之鸠却是一只变了形的秃鹙，看来鸠的身份一直以来就是闪烁不定的。不管是捕鸠鸟献老，还是作鸠杖扶老（秃鹙的别名也叫"扶老"，见《禽经》注引《古今注》），都是人的孝行，爱人及鸟，俞樾者流或许就是据此和《诗经》原文（以及唐欧阳询等《艺文类聚》卷九二所引孝子见白鸠的故事）推论出鹘鸠是孝鸟的。如此这般，似可将《小宛》首章改译如下：

> 小小的鹘鸠鸟儿，
> 高飞摩天难捉捕。
> 我的心里愁呀愁，
> 想起罗氏我不如。
> 通宵醒着不入睡，
> 无法孝敬父与母。

睍睆黄鸟

现代作家林语堂在其散文《记鸟语》末尾堆砌了一大摞汉字和英文来模仿"百鸟齐鸣的情形"。你看古人多么会以简取胜：重言"关关"既准确地摹拟出了扁喙鸟禽的独鸣之声，也可被视作雌雄的唱和（对"关关"不同的诠释见本书《"关关"有可能不是鸟叫声》一篇）；既能"不嫌于鸷鸟"（南朝齐刘勰《文心雕龙·比兴》）以之形容雎鸠，又可用来描述小巧的黄鸟。

在《周南·葛覃》之中，诗人则换"喈喈"来形容"黄鸟"的和鸣之声：

> 葛之覃兮，
>
> 施于中谷，
>
> 维叶萋萋。
>
> 黄鸟于飞，
>
> 集于灌木，
>
> 其鸣喈喈。

比起五鸠来，黄鸟是什么鸟只有两种说法，要简单明了得多。《尔雅·释鸟》云："皇，黄鸟。"郭璞注："俗呼黄离留，亦名搏黍。"黄离留又叫黄栗留、黄鹂，"原作鹙黄，以鸟本黄色而间以黑色为缘饰，因两举其色而统名之曰鹙黄"（清毛奇龄《续诗传鸟名》），即黄莺，《小雅·桑扈》简称"莺"，《豳风·东山》等篇谓之"仓庚"。

清郝懿行义疏："按此即今之黄雀，其形如雀而黄，故名黄鸟，又名搏黍，非黄离留也。"那么《葛覃》中的黄鸟是黄离留、黄莺，还是搏黍、黄雀呢？毛奇龄等人认为是黄鹂，或许是因它温柔可人，能顺理成章兴起下文"归宁父母"的女子吧。当代注家余冠英等则认为是黄雀，因为《诗经》里"凡言成群飞鸣，为数众多的都指黄雀"（余冠英《诗经选》）。何以见得是"为数众多"呢？原来"集"字就是"群鸟在木上"（《说文解字》）的意思。

黄鹂属鸟纲雀形目黄鹂科，在我国常见的为黑枕黄鹂，体长约25厘米。雄鸟通体金黄色而有光泽，头部有一道通过眼睛周围直达枕部的黑色宽纹，翼和尾的中央为黑色。雌鸟羽色黄中带绿，其他色泽均与雄鸟相似。幼鸟头部无黑纹，腹部有黑色条纹，直至第三年才逐渐消失。从体色来看，黄鹂确实艳丽，加之鸣声婉转，更逗人喜爱，常被饲作观赏鸟。它是"远客"，越冬地远在马来西亚、印度和斯里兰卡等异域，每年"春日载阳"（《豳风·七月》）、"卉木萋萋"（《小雅·出车》）的3月底、4月初，才迁徙到日本和中国境内。它来我国主要生活在平原地带，偶尔栖息于丘陵地区村庄附近的大树上或疏林中。最喜欢成对在树上飞飞停停，觅食昆虫、果实，极少到地面活动。5至8月在高树枝端筑巢繁殖雏鸟，巢极像吊篮，吊在树木枝梢两个水平枝杈之间。每窝产卵2至4个，孵化期和育雏期都在15天左右，幼鸟羽翼丰满后即随双亲离巢一起觅食，9月开始迁回南方过冬。此鸟在我国期间正值各种昆虫猖獗之时，所以它吃的食物主要是昆虫，其中多数为农林、果树害虫，如舞毒蛾、天幕蛾、松叶枯叶蛾的幼虫、尺蠖、五月金龟子、象鼻虫、天牛、金花虫、蝽象、蝉等。在育雏期间，平均每天要喂食80多次，可见它消灭害虫的数量不小，是平原地区不可多得的农林益鸟。

而黄雀属雀科，亦称芦花黄雀，体长约12厘米。雄鸟上体浅黄绿色，头顶羽冠和喉的中央黑色。腹部白色而腰部稍黄，均带有褐色条纹，两翼的大覆羽黑色。雌鸟无黑色羽冠，上体微黄有暗褐条纹，下体近白色带黑色条纹。杂食种子、幼芽和昆虫。为了啄食松仁，活跃、敏捷的黄雀经常倒挂在树上。黄雀属于群居的鸟类，它们在很高的针叶树上筑巢，以保护自己的幼鸟不被天敌吃掉。夏居我国东北，秋迁浙江、福建、广东、台湾等地越冬，迁徙时旅经河北、山东、江苏等地。鸣声清脆，也常被人饲养为观赏鸟。

无论黄鹂、黄雀，都是鸣声好听的小鸟，诚如《邶风·凯风》末章所云：

　　　　睍睆黄鸟，

　　　　载好其音。

　　　　有子七人，

　　　　莫慰母心。

"睍睆，清和圆转之意"（朱熹《诗集传》），也就是"好其音"的意思。诗以鸟有好音反比人无善言，小小的黄鸟尚且有好声音，"劬劳"的母亲却没有一个能安慰她的好儿女。而"喈喈，和声之远闻也"（《毛传》），既然可以形容"鸡鸣"，如《郑风·风雨》，当然也可以形容黄鹂、形容黄雀了。其实，这些"喈喈"用来押韵的成分都远要多于拟声。"萋""飞"与"喈"是脂微合韵，"其鸣喈喈"主要是摹写黄鸟群飞合鸣的和谐、热闹，以反衬"我""归宁父母"前的孤单、冷清，重点是氛围，而不是声音，也不像杜甫绝句"两个黄鹂鸣翠柳"突出的是颜色。虽然"灌木"也大都是翠绿的，但诗人并未去刻意强调，一如杜诗说"鸣"而不表出喈喈之类的假性拟声词，取舍之间自有技巧在焉。

在《秦风》与《小雅》的篇什之中，都各有一篇以《黄鸟》为题、且以黄鸟起兴的诗歌。先来看《秦风·黄鸟》：

> 交交黄鸟，
> 止于棘。
> 谁从穆公？
> 子车奄息。
> 维此奄息，
> 百夫之特。
> 临其穴，
> 惴惴其慄。
> 彼苍者天，

歼我良人！
如可赎兮，
人百其身。

交交黄鸟，
止于桑。
谁从穆公？
子车仲行。
维此仲行，
百夫之防。
临其穴，
惴惴其慄。
彼苍者天，
歼我良人！
如可赎兮，
人百其身。

交交黄鸟，
止于楚。
谁从穆公？
子车鍼虎。
维此鍼虎，
百夫之御。
临其穴，
惴惴其慄。

彼苍者天,

歼我良人!

如可赎兮,

人百其身。

公元前621年,秦穆公死,康公立,遵照穆公的遗嘱杀
了177人为他殉葬,其中有复姓子车的三兄弟,一名奄息,
一名仲行,一名鍼虎。秦人痛恨秦国统治者的残暴,惋惜子
车氏兄弟的屈死,因而作了这首声泪俱下的悼亡诗(参看
《左传·文公六年》),被后人誉为"中国挽歌之祖"。
我们在本书《鸠》篇中提到的《华阳国志》所载"黄鸟"
诗,哀悼的是三个贞女,与此处的三个良士相映成趣,那首
"黄鸟"诗的作者显然受到了《周南·雎鸠》与《秦风·黄
鸟》的双重影响。跟"喈喈"一样,"交交"也是在形容黄
鸟的鸣声,高亨读为"咬咬"。严粲《诗缉》引"李氏曰:
'交交,飞而往来之貌。'",亦通。"止于棘""止于
桑""止于楚"是说黄鸟在各种树间时翔时集,这颇有点符
合黄鹂喜欢成群在树上飞飞停停的脾气。我们也可以将"交
交"理解为黄鸟的独叫之声,由一只停在树上孤鸣的黄鸟引
出一个特行杰出而惨遭杀害的良人,悲壮、愤慨之情遂顿时
溢于言表。

再来读《小雅·黄鸟》:

黄鸟黄鸟,

无集于榖,

无啄我粟。
此邦之人，
不我肯穀。
言旋言归，
复我邦族。

黄鸟黄鸟，
无集于桑，
无啄我粱。
此邦之人，
不可与明。
言旋言归，
复我诸兄。

黄鸟黄鸟，
无集于栩，
无啄我黍。
此邦之人，
不可与处。
言旋言归，
复我诸父。

从"无啄我黍"诸句推断，此处的黄鸟无疑就是喜欢用"黄口"（《本草纲目》禽部第四八卷）来"搏黍"而食的黄雀了。它们在穀、桑、栩等树间飞来飞去，而且还啄食

"我"辛辛苦苦栽种的粟、粱、黍等粮食，就像"此邦之人"让"我"备尝人情冷暖、有苦难诉。看到黄雀们融洽而快乐，"我"真想回到"邦族"，回到父兄身旁。很明显，此诗是常年流浪异地的男子在抒发怀乡之情，而《葛覃》则表现寄人篱下备受虐待的女子在盼回娘家。取相同的物象（黄鸟及其动作）写相近之情感，不是非常合式吗？唐人金昌绪《春怨》诗"打起黄莺儿，莫教枝上啼。啼时惊妾梦，不得到辽西"，宋人苏东坡《水龙吟》词"梦随风万里，寻郎去处，又还被莺呼起"都在怨莺思郎，兴许是受了这些古诗的影响亦未可知。

　　《小雅·绵蛮》虽然没再以"黄鸟"为题，但仍是用黄鸟起兴：

　　　　绵蛮黄鸟，
　　　　止于丘阿。
　　　　道之云远，
　　　　我劳如何？
　　　　饮之食之，
　　　　教之诲之。
　　　　命彼后车，
　　　　谓之载之。

　　　　绵蛮黄鸟，
　　　　止于丘隅。
　　　　岂敢惮行，

畏不能趋。

饮之食之,

教之诲之。

命彼后车,

谓之载之。

绵蛮黄鸟,

止于丘侧。

岂敢惮行,

畏不能极。

饮之食之,

教之诲之。

命彼后车,

谓之载之。

  这首诗叙述一个行役之人疲劳不堪、又饥又渴,途中遇到了阔气的贵人,这个阔人给他饮食,教诲他,并让他坐上自己的车子。全诗以对唱的形式写出,每章前四句是行役之人所唱,后四句是阔人所唱。《凯风》用连边字兼叠韵字"睍睆"形容黄鸟的鸣声,此诗则用双声字兼叠韵字"绵蛮"来形容,比"喈喈""交交"之类的重言表现式样丰富多变了不少。

  朱熹却认为全诗是微贱者的独唱,"饮之食之"诸句只是他的希冀:

此微贱劳苦而思有所托者为鸟言以自比也。

盖曰：绵蛮之黄鸟，自言止于丘隅而不能前，盖
道远而劳甚矣；当是时也，有能饮之食之、教之诲
之、又命后车以载之者乎？

写诗作文既可以言志，也可以代言：男既能为女代言，
例如宋词；人也可为鸟代言，例如《庄子》。从朱熹的解说
来看，《绵蛮》是诗人在为一只黄鸟代言，也是一首别具一
格的代言体，评论家美其名曰"禽言诗"。尽管这样，《绵
蛮》最终还是在抒写人情，而非黄鸟的感受。

萧萧马鸣

　　鸠是"六禽"（雁、鹑、鹥、雉、鸠、鸽）之一，马是"六畜"（牛、马、羊、豕、鸡、犬）之一，但马被人类驯化的时间在六畜里面却是最晚的，在我国始于距今约四五千年的龙山文化时期，或者说新石器时代晚期，这个靠考古发掘所得出的结论与《新唐书·王求礼传》"自轩辕（指黄帝——作者按）以来，服牛乘马"（《诗经·郑风·叔于田》等也有"服马"之说）的书面记载基本吻合。千百年来，马一直以其擅长奔跑而被人乘骑，同时还能驮物拉车、"引重致远，以利天下"（《十翼·系辞传》下）。商周时期，用于行路、狩猎和作战的车一般都是用马牵引，因此先秦文献常以"车马"连言，如《诗经·唐风·山有枢》等；说到马就意味着车，说到车也就包括着马，如《召南·鹊巢》内出现的三个"百两"实即百辆马车。在近代机动车辆产生之前，马可算是交通运输活动中最重要的畜力了，以至于《周易》第二篇、《诗经》第三篇就出现了"马"字和马事。

　　《诗经》第三篇名为《卷耳》，它也是《周南》的第三篇：

《诗经》里的动物

采采卷耳，
不盈顷筐。
嗟我怀人，
置彼周行。

陟彼崔嵬，
我马虺隤。
我姑酌彼金罍，
维以不永怀。

陟彼高冈，
我马玄黄。
我姑酌彼兕觥，
维以不永伤。

陟彼砠矣，
我马瘏矣。
我仆痡矣，
云何吁矣。

　　此诗叙述男女别离后的相思：首章写贵族妇女怀念远行
的丈夫，因为诗中表明其夫不仅有金罍、兕觥等高级酒器，
还有仆人；二、三、四章写征夫行役劳苦，借酒浇愁愁更
愁。由此可见其爱情之笃厚，与《关雎》《葛覃》等篇"同
为房中乐"（《诗经原始》作者方玉润语。参看《隋书》卷

七五房晖远曰"臣闻'窈窕淑女，钟鼓乐之'，此即王者房中之乐"）。野菜"卷耳"只是道具之一，而"马"却成了除男女主人公外上镜率最高的配角。诗的第二、三、四章以咏叹马病委婉道出征夫旅途的劳瘁，烘托并加深了他的相思之愁。到了《汉广》里面，男主人公却要喂饱"马""驹"准备迎娶恋人，还是相思，但多了几许激情与愉悦：

翘翘错薪，

言刈其楚。

之子于归，

言秣其马。

汉之广矣，

不可泳思。

江之永矣，

不可方思。

翘翘错薪，

言刈其蒌。

之子于归，

言秣其驹。

汉之广矣，

不可泳思。

江之永矣，

不可方思。

一说两岁的马称驹，一说高五尺至六尺的马称驹，总之知道是少壮之马就行了，《小雅·角弓》"老马反为驹"可以证明。其实此诗的马与驹要不是照顾韵脚，完全可以互换位置，所以其义相近，都指少壮之马。它们不但是热恋中的男子迎娶汉水上游女子的交通工具，也暗示着男子的年轻英俊，后世诗文如《楚辞·卜居》"宁昂昂若千里之驹乎"、《汉书·楚元王传》"武帝谓之千里驹"则业已发展成了明喻。

《邶风·击鼓》第二章云：

> 爰居爰处，
> 爰丧其马。
> 于以求之，
> 于林之下。

清朝音韵学家李汝珍在其长篇小说《镜花缘》第十七回中借"紫衣女子"之口对此做出了一段胜解：

> 上文言"从孙子仲，平陈与宋。不我以归，忧心有忡"，军士因不得归，所以心中忧郁。至于"爰居爰处"四句，细绎经文，倒象承着上文不归之意复又述他忧郁不宁、精神恍惚之状，意谓：偶于居处之地忽然丧失其马，以为其马必定不见了，于是各处找求，谁知仍在树林之下。这总是军士忧郁不宁、精神恍惚，所以那马明明近在咫尺，却误为丧失不见，就如心不在焉、视而不见之意。

马再次成了诗意的"客观对应物"（objective correlative。诗人所要表达的思想、感觉即意象之意，而所谓客观对应物即意象之象，往往是一系列必经诗人筛选或组织的物体、事件、情境等），寄托并表达着复杂的人情。

北狄攻破卫国，杀死爱鹤成癖的卫懿公，卫、共、滕三国难民一致拥立戴公于漕邑。不久，戴公又死。齐桓公率诸侯兵替卫守戍楚丘（在今河南省淇县之东、濮阳之西），文公即位后遂迁都到了那里。《鄘风·定之方中》一诗就是叙写卫文公在楚丘督建宫室、督促农桑的情形，末章云：

灵雨既零，
命彼倌人。
星言夙驾，
说于桑田。
匪直也人，
秉心塞渊，
騋牝三千。

为什么说文公是正直、塞渊（周全深远）之人呢？答案就在《左传·闵公二年》里：

卫文公大布之衣、大帛之冠，务材训农，通商惠工，敬教劝学，授方任能。元年革车三十乘，季年乃三百乘。

原来，文公生活朴素，却善于发展经济、重视教育、任用贤能而复兴卫国。举个实例来说吧，在他即位的头一年，卫国只有三十辆革车，可到了第三年就已经拥有了三百辆。用诗的夸张的语言来说，即"騋牝三千"。高亨注释道：

> 騋，读为鹭，牡马也。此句言牡马牝马有三千
> 匹。又解：马七尺以上为騋，騋牝即高大的牝马。

《毛传》则与"又解"略异，说"马七尺以上曰騋。騋马与牝马也"，认为该句是讲大马和母马共有三千匹。其实，诗人告诉读者的主要信息不外乎马匹极多且壮这两点而已，我们大可不必死钻字眼。"灵雨既零"四句则侧重于文公"务材训农"的一面：雨初歇，天刚亮，他就叫上司机坐上马车到田间地头去视察农桑工作了。

《干旄》则是赞美"卫文公臣子多好善，贤者乐告以善道也"（《诗序》），旁敲侧击、归根结蒂还是在说文公"授方任能"：

> 孑孑干旄，
> 在浚之郊。
> 素丝纰之，
> 良马四之。
> 彼姝者子，
> 何以畀之。

孑孑干旟，

在浚之都。

素丝组之，

良马五之。

彼姝者子，

何以予之。

孑孑干旌，

在浚之城。

素丝祝之，

良马六之。

彼姝者子，

何以告之。

马瑞辰《毛诗传笺通释》云：

是古者聘贤招士，多以弓旌车乘，此诗干
旄、干旟、干旌皆历举招贤者之所建。

如此说来，全诗是记叙百废待兴之际，卫文公的臣子举
办了一场人才招聘会，用素丝、良马恭候着贤能之士前来应
聘。然而这样却无法解释"在浚之郊""在浚之都""在浚
之城"之间的递进关系，"何以畀之""何以予之""何以
告之"也与前面送素丝良马的见面礼节产生了矛盾。于是，
我受"姝"字的启发，认为此诗是写卫国一个贵族（《郑

笺》以建旗者为州长）"出拥干旌"（北周庾信《代人乞致
仕表》）、坐着高级马车、带着彩礼去浚邑看他的情人，或
者是求婚。好比近乡情怯，从郊外渐渐靠近都城，眼看要与
情人会面了，太在乎对方感受的他却乱了方寸，不知送什么
礼物才好了，万一她不稀罕这些素丝良马怎么办呢？

国破家亡，戴公的妹妹许穆夫人既悲痛卫国的颠覆，哀
伤许国弱小不能相救，欲回娘家问慰其兄又不可得，所以作
了《鄘风·载驰》一诗发泄自己的悲伤情绪：

> 载驰载驰，
> 归唁卫侯。
> 驱马悠悠，
> 言至于漕。
> 大夫跋涉，
> 我心则忧。

值得庆幸的是，这一忧竟然把许穆夫人忧成了中国历史
上最早的女诗人。为何而忧呢？朱熹串讲此章道：

> 宣姜之女为许穆公夫人，闵卫之亡，驰驱而
> 归，将以唁卫侯于漕邑。未至，而许之大夫有奔走
> 跋涉而来者，夫人知其必将以不可归之义来告，故
> 心以为忧也。

《毛传》训"吊失国曰唁"，《郑笺》训"卫侯，戴公

也"，"归唁卫侯"是说许穆夫人希望能回国慰问失掉江山的戴公，这与《左传·闵公二年》的记录正好合拍。最后，归心似箭，归国无路，她便出谋向大国求援，但仍旧遭到了许人的阻挠。而怀着称霸野心的齐桓公却已打着"尊王攘夷"的幌子开始驻兵救卫，并给许穆夫人送了"鱼轩"（以鱼兽皮为装饰的车子，贵妇人才有资格乘用）一辆、"重锦三十两"（《左传·闵公二年》）以表示友邦的慰问，或许这能缓解一下她的愤慨之情吧。

《卫风·硕人》第三章描写了另外一位夫人——卫庄公夫人庄姜——来嫁时车从之盛：

> 硕人敖敖，
> 说于农郊。
> 四牡有骄，
> 朱幩镳镳，
> 翟茀以朝。
> 大夫夙退，
> 无使君劳。

朱幩是红色的丝帛，缠在马口两旁的青铜、骨或角制的镳上。随着马头有规律的运动，幩拉动镳可以为马"扇汗"（参看徐锴《说文解字系传》卷十四）。四匹肥壮的公马拉着翟羽装饰的高车载来了一个颀长的绝代佳人，文武官员们还不赶紧退朝下班，让君王好生享享洞房花烛之福！一车套两马叫骈，套三马叫骖（参看《小雅·采菽》），套四马叫驷，"四牡有骄"以下三句描写的就是一种贵妇所乘坐的"驷马高盖车"（《汉书·于定国传》。此即司马相如所谓"赤车驷马"），应该比鱼轩有过之而无不及，比武将所乘坐的驷马车多了一些女性化的华丽装饰，而马身不披"介"（甲）（参看《郑风·清人》）。

阿拉伯人曾用50个词形容狮子、用200个词描述蛇，中国古人则发明了许多以"马"为偏旁或与马有关的字。他们很依赖马，因此汉语中便产生了许多以"马"为偏旁或与马有关的字。中国古人常以颜色辨马，或以性别区分，或以年龄、大小为别，前面我们提到的"老马""驹"就是按年龄来分的，"骘""牝"就是按性别来分的，下边仅以《诗经》为例来看看马的毛色有多么丰富缤纷：《郑风·大叔于田》"乘乘黄"指黄马，"乘乘鸨"指黑白杂毛的马；《齐风·载驱》"四骊济济"指黑色的马；《秦风·驷驖》"驷驖孔阜"指赤黑色的马，《小戎》称有青黑斑纹的马为"骐"、后左足白的马为"騽"、赤马黑鬣为"骝"、黄马黑喙为"骃"；《豳风·东山》称黄白相间的马为"皇"、赤白相间的马为"驳"；《小雅·四牡》称白马黑鬣为"骆"，《皇皇者华》称浅黑带白色的杂毛马为"骃"，《信南山》之"骍"是赤色马；《大雅·大明》叫骍马白腹作"驈"；《鲁颂·驹》之"骄"乃骊马白跨，"雅"乃苍白杂色，"驿"乃黄白杂毛，"骊"的毛色呈鳞状斑纹，黑身白鬣的马叫"雒"，赤白相间的杂毛马称"騢"，白毛长腿的是"驔"，两眼白毛的竟然叫"鱼"。先民对马的观察如此细致入微，令人叹为观止。

或问："《诗经》何句最佳？"有人会称引《邶风·击鼓》"死生契阔，与子成说。执子之手，与子偕老"，如现当代作家张爱玲；有人会称引《小雅·采薇》"昔我往矣，杨柳依依。今我来思，雨雪霏霏"，如东晋将领谢玄。而唐诗星空中的双子座李白与杜甫无疑都是欣赏《小雅·车攻》"萧萧马鸣，悠悠旆旌"这两句绝妙好辞的，所以他俩在自己的诗内遂有"萧萧班马鸣""马鸣风萧萧"之类的挪用和点化。现当代学者钱锺书更是特别关注这两句所蕴含的文心，不惮烦地征引若干中外诗文及心理学原理来证明："寂静之幽深者，每以得声音衬托而愈觉其深"（详见《管锥编·周易正义、毛诗正义》）。看来，马鸣虽不见得有鸟鸣那样悦耳动听（张爱玲却说："牛叫是好听，马叫也好听，马叫像风"），却也举足轻重、不容小觑！

螽之羽

祝鸠、雎鸠、鸤鸠、爽鸠、鹘鸠五种总名为鸠，阜螽、草螽、斯螽、蟿螽、土螽五种则总名为螽。《说文解字》曰："螽，蝗也。"《春秋》在鲁桓公五年（前707）秋季的历史档案中沉重地记下了一个"螽"字，当代有学者认为这就是中国蝗灾的最早记录。《农书》的作者王祯曾根据《春秋》统计出"春秋二百四十二年，书'大有年'仅二，而水、旱、螽蝗屡书不绝"，我想《周南·螽斯》等篇也从旁间接证明了《诗经》时代（自商朝晚期至春秋中叶。参看《史记·平准书》"《诗》述殷、周之世"、《古今合璧事类备要》外集卷一一鲴阳居士《复雅歌词序略》"《诗》三百五篇，商、周之歌词也"）螽类也为数不少吧。

好在"比喻有两柄而复具多边"，诗人完全可以避开灾害不提，只拿"螽斯羽"的众多譬况"子孙"的济济——

> 螽斯羽，
> 诜诜兮。
> 宜尔子孙，
> 振振兮。

螽斯羽，

薨薨兮。

宜尔子孙，

绳绳兮。

螽斯羽，

揖揖兮。

宜尔子孙，

蛰蛰兮。

高亨在《诗经今注》里说："螽，蝗虫。斯，之也"，那么"螽斯羽"犹言"螽之羽"，与《麟之趾》"麟之趾""麟之定""麟之角"的句法如出一辙了。李樗、黄櫄《毛诗集解》却结合《豳风·七月》的"斯螽"来解释："或言螽斯，或言斯螽，其义一也。螽斯，蝗虫之类。"而用现代术语严格地区分，草螽、斯螽属昆虫纲直翅目螽斯科，阜螽、蟿螽、土螽才属蝗科。

螽斯触角细长，以腿节摩擦前翅发音。有翅种类身体多为草绿色，常栖于丛林草间；无翅种类多栖于穴中、树洞、石下或室内。常以长形产卵管成行或成列产卵于叶边或植物茎秆的组织内。一般为肉食性，也有杂食性的。种类很多，常见的如绿螽斯，体长约45毫米。

螽斯一名蜇螽，蜇螽又写作斯螽，原来斯是蜇的假借字啊，高说显然错了。然则，诗人为什么不直接写成"螽斯诜诜"云云呢？严粲《诗缉》认为：

蠡螽生子最多，信宿即群飞。因飞而见其
多，故以"羽"言之。

据此，诗人大概是从仰视的角度来特写螽斯之多而成
群，就像今天的电影特技镜头。他希望人们像螽斯一样"多
子多福"，于是就作了《螽斯》这么一篇工整而铿锵的欢乐
颂，北宋王安石《诗义》认为是比附和祝福"后妃子孙众
多"，应该还说得过去，但他又接了一句狗尾："言若螽斯
不妒忌，则子孙众多也。"其实，多缀一个"羽"字还加强
了全诗的语感。如果作为歌词，多一个"羽"字就多了一个
乐句，感情的表达就更畅快了。

朱熹《诗集传》"尔，指螽斯也"，不妥。因为这样一解，
全诗就都在写螽斯这个昆虫了，显然有悖于《诗经》的体
例：由动物植物比兴出人事人情（参看朱自清《诗言志辨·
比兴》）。后世使用《诗经》中的成语为典故，往往形似
而神异，如"鹊巢鸠据"，《鹊巢》用来比喻女子出嫁以夫
家为家，后世竟以之比喻强占别人的地方或位置，而以"螽
斯之征""螽斯衍庆"诸语祝颂别人多子多孙，却没有脱离
《螽斯》的本义，由此也可见朱说不能成立。

《召南·草虫》及《小雅·出车》都有这样一段诗：

唛唛草虫，
趯趯阜螽。

未见君子，
忧心忡忡。

有的注家认为"草虫"即草螽，"《诗》作草虫，盖变文以韵句"（《尔雅》郝懿行疏），避免与"阜螽"重复。草螽又名"常羊"，即蝈蝈，像蝗，翅短，腹大，雄虫借前翅基部摩擦发声，对植物有害。阜螽也是害虫，一说即中华稻蝗，成虫黄绿色，雌虫体长36至44毫米，雄虫30至33毫米；前胸背板两侧各有一暗褐纵带。一般年生1代。危害水稻、玉米、高粱、茭白、芦苇等。天敌是鸭。李时珍在其《本草纲目》中认为"蚱蜢"有若干种，阜螽是它们的"总名"："在草上者曰草螽，在土中者曰土螽，似草螽而大者曰螽斯。"郝懿行在其《尔雅义疏》中认为土螽又可以分成两种："一种体如土色，似蝗而小，有翅能飞不远；又一种黑斑色，而大翅绝短，不能飞，善跳。"总之都是蚱蜢。

　　尽管草虫、阜螽之类各有所指，但"喓喓""趯趯"却是见义的互文：前者模拟虫们的叫声，后者描写虫们的跳貌，花开两朵，各表一枝。害了相思病的女子爬上"南山"采摘"蕨""薇"等野菜，螽们在草丛中又叫又跳，叫得愈起劲，女人心里就愈忧愁、愈"伤悲"。虽然"未见君子"才是症结所在，但螽们的叫声也给她添了不少乱，因为这种大幅度、高频率的叫声不是乐音，而是噪声，自然会干扰人的情绪，魏文帝曹丕《杂诗》"草虫鸣何悲"即最恰切的旁证。并且螽叫还有个副作用，就是跟蕨等一道暗示出季节已到了秋天（参看前引曹诗"漫漫秋长夜"云云）。因为蕨菜秋、冬可采，而螽类"冬有大雪，则入土而死"（《本草纲目》虫部第四一卷）。

跃跃毚兔

古人献鸠敬老，"白兔王者敬耆老则见"（《宋书·符瑞志》）；鸠是献给老人食用的美味，而兔是履行孝道后出现的祥瑞。《二十四史》中常有孝子与白兔结伴为先人守墓的传说，如东汉的蔡邕、南朝梁的裴子野、隋代的华秋、宋代的陈思道等等。这无疑为一些人不吃兔肉提供了堂而皇之的借口，然而这丝毫也不影响兔在中国饮食文化里的地位，大多数人对于兔肉还是照吃不误的，例如《小雅·瓠叶》：

> 有兔斯首，
> 炮之燔之。
> 君子有酒，
> 酌言献之。

> 有兔斯首，
> 燔之炙之。
> 君子有酒，
> 酌言酢之。

有兔斯首，

燔之炮之。

君子有酒，

酌言酬之。

　　兔肉早早就作为席上珍馐供士人贵族大快朵颐了。常言道"飞禽莫如鸰，走兽莫如兔"，清顾炎武《日知录》曾总结《诗》语说"宾客之设不过兔首、枭鳖之类"；现代营养学证明，兔肉鲜嫩，瘦肉多，脂肪低，易消化，所含蛋白质比牛、羊、猪肉皆高，确属"食品之上味"（蜀川通才、美食家苏东坡语）。

　　中国人食兔渊源有自，而西方国家多少有所顾忌，因为《圣经·旧约》曾谆谆告诫耶和华的子民：兔、骆驼等"倒嚼而不分蹄"的动物的"肉不可以吃，死的不可以摸，都与你们不洁净"。恐怕也由于这个缘故，西方经典内就缺失了《王风·兔爰》《小雅·小弁》之类活活泼泼的兔文学。与西人截然相反，我们的先民不但不觉得兔不洁净，而且还赞扬"其性怀仁"，能"彰吾君之德馨"（唐蒋防《白兔赋》），难怪冰清的月神嫦娥要豢养一只玉洁的兔子当自己的宠物了。

　　但在《周南·兔罝》一诗中，"兔"并未正式露面，它只是作为定语来修饰后面的名词——"罝"：

肃肃兔罝，

椓之丁丁。

赳赳武夫，

公侯干城。

肃肃兔罝，

施于中逵。

赳赳武夫，

公侯好仇。

肃肃兔罝，

施于中林。

赳赳武夫，

公侯腹心。

罝就是网，兔罝就是猎人用来捕兔的网，陈奂《诗毛氏传疏》云：

凡网取禽兽，必筑橛于地，而以捕器网之。

罝兔亦如是也。

"橛"（木桩）实则是兔罝的本质部分，就像书画挂轴的天杆和地杆，应该也位于网的两端，便于人们布网于地、收网于手。在童年的山居岁月中，我曾目睹捕鱼者傍晚布网于溪底，网的两端四角或被木桩或被石块固定于河床的两岸，然后就回家等鱼儿从上游下来落网了，"肃肃兔罝，椓之丁丁"则是描写在林间路口敲桩布网待兔的情形。是否捕到兔子并不重要，诗人主要是以肃肃（闻一多《诗经新义》："肃，当读为'缩'，缩犹密也"）的兔网比拟"赳赳武夫"是"公侯干城"，是他们严实的挡箭牌、血肉长城。

西汉今文《诗》学之一的《韩说》等认为此诗是写"殷纣之贤人退处山林，网禽兽而食之"。而"文王举闳夭、泰颠于罝罔之中，授之政，西山服"（《墨子·尚贤》上）。因此，诗人作出《兔罝》来赞美在殷纣王暴政之下西伯姬昌（周文王）之类的好公侯能够慧眼识举闳夭、泰颠之类的贤武夫。如果《商颂》确实写于武丁死后，那么《兔罝》则当作于帝辛（纣）生前，也应是商朝晚期的颂歌。

1410年4月30日，明成祖朱棣在"亲征北虏"的途中"令卫士掘沙穴中跳兔"，只见它：

> 大如鼠，其头目毛色皆兔，爪足则鼠。尾长，其端有毛，或黑或白。前足短，后足长，行则跳跃。性狡如兔，犬不能获之。疑即《诗》所谓"跃跃毚兔"者也（《古今说海·说选部·北征录》。参看北宋沈括《梦溪笔谈》卷二四《杂志》一"契丹北境有跳兔，形皆兔也，但前足才寸许，后足几一尺，行则用后足跳，一跃数尺，止则蹶然扑地，生于契丹庆州之地大莫中。余使虏日，捕得数兔持归"。）

"跃跃毚兔"出自《小雅·巧言》，下文是"遇犬获之"，刚好是"犬不能获之"的反义句。毚兔比喻谗人，而"遇犬获之"之"犬"比喻的则是"君子"或"圣人"。"跃跃毚兔，遇犬获之"是讲：不管狡兔再怎样跳腾，遇上聪敏的猎犬也一定会被捉住；所谓邪不胜正，谗人终究不是圣人的对手。

潜有多鱼

闻一多曾指出，中国人从上古起就以鱼象征女性、配偶或情侣，进而象征美好的爱情。无论《周易》《诗经》《楚辞》，还是古诗、民谣，这样的象征和暗示俯拾皆是。近有学者也声称：初民的女性生殖器崇拜大致经过了三个阶段（详参赵国华《生殖崇拜文化论》），第二阶段就是选择鱼作为女阴的象征物，奉祀鱼，跳鱼舞，举行特别的吃鱼仪式。一方面，鱼形特别是双鱼相叠之形与女阴十分相似；另一方面，鱼的繁殖力很强，产卵极多，初民以此寄托人丁兴旺的良好愿望。并举文物为例，如西安半坡彩陶上的各式（写实、写意、抽象的）鱼纹、辽宁阜新胡头沟墓葬出土的两枚绿松石鱼形坠、浙江余杭反山墓葬出土的白玉鱼，认为这些鱼的形象都含有象征女阴的意义。有趣的是，在印度的许多圣所内及其他一些相隔遥远的地区如巴西，也有象征女阴的鱼形图案。这显然跟全世界的原始人类都经历过漫长的渔猎时期有着密切关系，而不适宜采用"文化传播"的观念去解释。

有人认为《周南·雎鸠》《曹风·候人》等篇皆用水鸟食鱼来象征恋爱与婚媾（山东济阳出土过一件西周时鸟啄鱼形玉雕，或即这种观念的物化；汉洗鱼鸟纹之间有"富贵昌宜"之铭，应是这种观念的再现与补充），鱼好比不出场的画外音；在《小雅·采薇》《鲁颂·駉》中"鱼"虽然出场了，《毛传》《诗集传》等却认为是兽类。活鱼真鱼有名有样地正式亮相，则要等到《周南·汝坟》末章：

> 鲂鱼赪尾，
> 王室如燬。
> 虽则如燬，
> 父母孔迩。

鲂鱼又叫鳊鱼，《本草纲目》鳞部第四四卷载：

> 鲂，方也；鳊，扁也；其状方，其身扁也……鲂鱼处处有之，汉、沔尤多。小头缩项，穹脊阔腹，扁身细鳞，其色青白。腹内有肪，味最腴美，其性宜活水，故《诗》云"岂其食鱼，必河之鲂"、俚语云"伊洛鲤鲂，美如牛羊"。（参看沈括《补笔谈》卷三《药议》："《诗》所谓'岂其食鱼，必河之鲂'，盖流水之鱼品流自异。"）

《毛传》云："赪，赤也。鱼劳则尾赤。"认为普通的青白鲂劳累后，尾巴便变红了。这不过是臆测之词，不足取信。其实尾红是鲂的发情体征，诗人用以形容"未见君子"的妇人的性欲（想男人如朝"饥"之思食，详见《汝坟》首章、《管锥编·毛诗正义》第十则）。"王，大也"（《广雅》），"王室"乃室之大者，"燬"（《说文》引作从火尾声之异体字，恰可照应"赪尾"，疑为《诗经》原文）为"烈火"（《韩说》），"如燬"即《周易》所谓"焚如"。大室焚如，大房子着火后烧得很旺，兼喻鱼（尾赤如火）与女（欲火焚身；参看钱锺书《围城》"老房子着了火"之喻。闻一多《风诗类钞》认为此鱼喻男，恐不确，因为上章已言"既见君子，不我遐弃"）。虽情热委实难以自控，然父母就在近旁，也只好先强忍着。作为一首先秦的性与爱之诗，《汝坟》无疑是非常成功的，但这绝对离不开那条小小的鲂鱼对诗人的启发。

既然《诗经》一再说：

河水洋洋

北流活活（《卫风·硕人》）

潜有多鱼（《周颂·潜》）

明摆着水又深而鱼又多，但一举出实例就总是：

鳣鲔发发（《硕人》）

有鳣有鲔（《潜》）

匪鳣匪鲔（《小雅·四月》）

原来，鳣鲔俩体型巨大，比较显眼。如鳣就可长到二三丈（参看南宋吴曾《能改斋漫录》卷四《辨误·鳣鳝皆不得真》），鳣鱼性成熟时，便从江淮、黄河、辽海

《诗经》里的动物

等深水处向浅水区或近岸作"生殖洄游"。陈藏器遂称其"逆上龙门，能化为龙也"（唐陈藏器《本草拾遗》虫鱼部。参看唐欧阳询等《艺文类聚》卷九六引《辛氏三秦记》）。相比之下，李时珍的描写则较为客观：

> 无鳞大鱼也。其状似鲟，其色灰白，其背有骨甲三行，其鼻长有须，其口近颌下，其尾歧。其出也，以三月逆水而生。其居也，在矶石湍流之间。其食也，张口接物听其自入，食而不饮，蟹鱼多误入之，昔人所谓"鳣鲔岫居"、世俗所谓"鲟鳇鱼吃自来食"是矣（《本草纲目》鳞部第四四卷）。

鲟就是鲔的别名，"背如龙，长一二丈"（唐陈藏器《本草拾遗》虫鱼部）。这回轮到李氏迷信了，在一大段科学的陈述之后，他添了一句蛇足，说鲔"亦能化龙"，这个"亦"字透露了李氏也相信"鳣能化龙"的鬼话。鳣色灰白，又叫黄鱼，即上引之"鳇"；鲔色青碧，故名碧鱼。两者颜色对比鲜明（并列之可加强诗的色彩美），味道却难分轩轾，"其肉骨煮、炙及鲊皆美"（《本草纲目》鳞部第四四卷），难怪诗人吵着闹着要拿它俩"以享以祀，以介景福"（《潜》），仿佛天地众圣在歆享了这美鱼和香烟后，都醉醺醺地在空际蹒跚，预备赐给世人以无限的幸福了。

在《齐风·敝笱》《小雅·采绿》《大雅·韩奕》等篇中和鲂并提的"鳏"与"鲂"显然也是一种鱼象征、性暗示。《敝笱》诗云：

敝笱在梁，
其鱼鲂鳏。
齐子归止，
其从如云。

敝笱在梁，
其鱼鲂鱮。
齐子归止，
其从如雨。

敝笱在梁，
其鱼唯唯。
齐子归止，
其从如水。

近人或者讲：该诗讽刺鲁桓公放任文姜淫乱，并同她一起回到齐国，还带着大批人；或者讲：鲁桓公在齐国被杀以后，文姜做了寡妇，时时由鲁国到齐国去和齐襄公幽会偷情。基于此，鳏与鱮不仅象征荡妇，也象征着淫夫。鲁桓公躺在墓里就像"敝笱在梁"，怎么能防闲（方玉润《诗经原始》说此诗"刺鲁桓公不能防闲文姜也"）鳏鱮不漏网、文姜不出墙呢？鳏鱼"其性独行，故曰鳏"（李时珍语），诗用来比喻寡妇文姜（参看《小雅·鸿雁》"鳏寡"），所谓"齐子"；鲢鱼"好群行相与也，故曰鱮"（陆佃语。陆佃字农师，陆游之祖父，曾受经于王安石），诗又用来比喻文姜的跟班儿，所谓"其从如云""如雨""如水"。

春秋时代，社会上有少数知识分子安贫寡欲，怀才抱器不求闻达，除了众所周知的不改箪瓢之乐的颜回（详见《论语·雍也》）以外，《陈风·衡门》的作者应该也算一个，后人常视之为大隐之士。这个埋名韬光的隐士很会借诗抒情，表达出自己与"肉食者"（《左传·庄公十年》）迥乎不同的志趣：

> 衡门之下，
> 可以栖迟。
> 泌之洋洋，
> 可以乐饥。
>
> 岂其食鱼，
> 必河之鲂？
> 岂其取妻，
> 必齐之姜？
>
> 岂其食鱼，
> 必河之鲤？
> 岂其取妻，
> 必宋之子？

《娄寿碑》中的"栖迟衡门"、《繁阳令杨君碑》中的"栖迟乐志"、《汉从事武梁碑》中的"安衡门之陋"、蔡邕《郭有道碑文》中的"尔乃潜隐衡门"、陶渊明诗《癸卯岁十二月中作与从弟敬远》中的"寝迹衡门下"等显然用的就是首章之典。"乐（西汉韩婴《韩诗外传》作"疗"）饥"一词则双关"食"（食鱼）、"色"（娶妻）二性，看来这个隐士还颇谙诗文起承转合之道。吃鱼何必非要吃黄河里的鲤鱼呢？北宋苏颂《图经本草》虫鱼部上卷第十四说在"诸鱼"之中，鲤鱼"最佳"，"食品中以为上味"，然而这是凡人的标准，隐士完全不屑一顾。但在春秋末越国大夫范蠡看来，要养鱼致富则非鲤不可，因为"鲤不相食，易长又贵也"（南朝梁萧统编《文选·张景阳七命》注引陶朱公《养鱼经》。参看涵芬楼刊说郛本《养鱼经》），鲤竟跟隐士一样不挑食。

陶渊明"解印彭泽……怡神者以酒，酒兮无量"（唐张随《无弦琴赋》），裴晋公"鸡猪鱼蒜，逢著则吃"（唐赵璘《因话录》卷二），白居易"充肠皆美食"，苏东坡"饮酒但饮湿"（参看北宋苏轼《超然台记》"哺糟啜醨皆可以醉"及南宋陆游《老学庵笔记》卷一"吕周辅言"条），鲁迅"吸香烟不管好坏都可以"，周作人"吃茶就和饮湿相去不远"，诸如此类，或隐或不隐，他们的生活态度都与《衡门》的作者一脉相承。

在《诗经》中，与鱼纲鲤科之鲂并提的除了同科的鳏、鲹、鲤等鱼外，还有鳟与鱮。鳟也属鲤科，体延长，前部圆筒形，后部侧扁，银灰色，眼上缘红色。每块鳞片后具一小黑斑，尾鳍叉形，为生活于淡水中的常见食用鱼类。鱮则属鳢科，亦称"黑鱼""乌鳢"，体延长，亚圆筒形，长达50厘米以上。青褐色，具3纵行黑色斑块，眼后至鳃孔有2条黑色纵带。头扁，口大，牙尖。背鳍和臀鳍均延长，并与尾相连续，尾鳍圆形。咽头上方具一宽大鳃上腔，能呼吸空气。栖息于淡水底层。性凶猛，幼鱼以桡足类和枝角类为食，小鱼以水生昆虫、小虾及其他小鱼为食，8厘米以上的个体则捕食其他鱼类，故为淡水养殖业的害鱼之一。分布于中国、朝鲜与日本。肉肥美，供食用。

《豳风·九罭》诗云：

> 九罭之鱼，
> 鳟鲂，
> 我觏之子，
> 衮衣绣裳。

此处鱼偏指鳟，虚设鲂字只是为了与"裳"协韵。因为"鳟好独行"（孙炎语。孙炎为三国魏人、郑玄弟子），正好拿来比喻"我觏之子"，也就是下文的"公"。有注家说此公即周公，高亨则认为："这首诗当作于西周国人暴动赶跑厉王的时候，或犬戎入侵杀死幽王，镐京正在大乱的时候。豳邑某公在这样的时候往镐京去，路上在一家吃饭留宿。主人认为镐京危险，作这首诗劝告他不要去。"所谓"无以我公归兮"，比西晋崔豹《古今注·音乐》所记"公无渡河"的呼声含蓄不了多少。

《小雅·鱼丽》吟道：

鱼丽于罶，
鲿鲨。
君子有酒，
旨且多。

鱼丽于罶，
鲂鳢。
君子有酒，
多且旨。

鱼丽于罶，
鰋鲤。
君子有酒，
旨且有。

物其多矣，
维其嘉矣。

物其旨矣，
维其偕矣。

物其有矣，
维其时矣。

此处写罶（与"笱"同为渔具）网住了很多鱼，里面包括鲂、鲤之类的美味食用鱼，诗人以之比喻君子的酒又多又好。鳢不但可与"旨"押韵，也是一个实物。从鱼多鱼美联想到酒多酒美，最后不惜再用三章来直接称赞佐酒的食物。章与章之间仅用"多""旨""有"三字连缀起来，犹如一石荡开千层涟漪，一场盛大的贵族酒会逐渐展现在了读者的眼前，诗人的妙笔运用自如，毫不亚于一个由点摇到面的广角镜头。

鲿科之鮠别称"鳠"，亦称"江团""白吉"。体延长，前部平扁，后部侧扁，长达1米左右，浅灰色。吻圆突，口腹位，具须4对。眼小，体无鳞。背鳍、臀鳍均具硬刺，脂鳍低而延长。栖息于河流和江口底层，食无脊椎动物和小鱼等。主产于我国长江流域，肉味鲜美，鳔肥厚，可制鱼肚，为上等食用鱼类。石首鱼类之一的毛鲿鱼也可叫作"鳠"，头似燕，形厚而长，大颊骨，尾微黄，大者长一尺七八寸。《鱼丽》中的鲨不是名贵食品鱼翅之源，而是一种生活在溪涧中的小鱼，"体圆而有点文"（《尔雅·释鱼》郭璞注），常张口吹沙。大头大口大腹、有齿有胃有须的鳠即鲶科之鲶，体延长，前部平扁，后部侧扁，长可达1米以上，体重可达三四十斤。灰黑色，有不规则暗色斑块。眼小，无鳞，皮肤富黏液腺。背鳍1个，很小；臀鳍长，与尾鳍相连；胸鳍具一硬刺。分布于我国各地淡水，栖息中、下层，以小鱼及无脊椎动物为食。肉味美，为一优良的食用鱼类。鳔滋补，可入药。

《周颂·潜》是一首在周王专用鱼祭祀宗庙时所唱的乐歌：

诗经名物志

猗与漆沮，

潜有多鱼。

有鳣有鲔，

鲦鲿鲤鲤。

以享以祀，

以介景福。

从抒情语气结合历史事实来看，此篇当写于周初武王、成王年间，为《诗经》中较早的作品之一，所以不像晚于它的《鱼丽》那般铺陈、精致，而显得原始、稚拙。

漆、沮都是西周的水名，在今陕西省境内。其中不但有巨大的鳣、鲔，也有小巧的鲦、鲿、鲤、鲤诸鱼。鲦属鱼纲鲤科，为杂食性中上层小型鱼类。体延长，侧扁，长约16厘米，银白色，腹面全部具肉棱。侧线在胸鳍上方急剧向下弯曲，至臀鳍基底后方，又弯曲向上方至尾柄中央，背鳍具硬刺。繁殖力强，生长迅速，分布广泛，现为小型经济淡水鱼类之一。

鱼祭的同时，应该还伴随着像《鱼丽》那样壮观的鱼宴，享祀者与被享祀者即后代与先辈通过共享"多鱼"一起获得了景福繁祉。这些福祉里面除了"大熟"（谷物丰收，参看《吕氏春秋·季春纪》："荐鲔于寝庙，乃为麦祈实"），应该还包括"性福"，大概是以两性同吃双鱼（《礼记》周代婚仪夫妇"共牢而食"疏"同食一牲，不异牲也"，此牲疑即鱼，参看《采蘋》毛传"古之将嫁女者，必先礼之于宗室，牲用鱼"）来象征性地获得的。这

《诗经》里的动物

一遗俗在今甘肃地区一些民间婚宴仪式中有时还可见到：当新娘被娶到男家进入大门口时，家里要摆放桌子酒具，新人以两只小勺子为饮酒器，象征性地三次饮完六勺酒后，新娘才能进入新房。在这里小勺子被称为"双鱼"，应该是古风的变相。

灵鹊兆喜

　　根据迁徙习性可将鸟分为三类：一年四季都生活在同一地区的叫留鸟，夏天住在山林、冬天搬迁到田野里的叫漂鸟（也终年生活在同一地区），随着季节、天气冷暖的变化而改变生活场所的叫候鸟（根据习性不同，又分为夏候鸟、冬候鸟、旅鸟）。鹊属于第一种，但焦循说它"每岁十月后迁移"恐怕有误。

　　《禽经》云"灵鹊兆喜"，所以人们通称它为"喜鹊"；又属鸟纲雀形目鸦科，因此它另有"鸦鹊"的别名。此鸟体长约46厘米，其中尾长占体长的一半多一点。除两肩各有一块大白斑和腹部为白色外，全身羽毛概为黑色，并有金属样的紫色光泽。尾中宽端尖，栖止时常上下翘动。它在我国分布极广，沿海地区尤为常见，多在开旷耕地及河谷两岸荒坡一带活动。白天飞到耕地、菜圃、河滩或林边等地方觅食，晚上停息在大树上过夜。性机警，成对觅食之际，往往是一个在地上啄食，另一个在高处守望，受惊时则双双远飞。它是杂食性鸟类，夏、秋以吃农林害虫为主，冬、春害虫数量不能满足需要，即转而以植物的种子为主，虽然也吃玉米、豆类、麦粒、稻谷等农作物，但衡量其利弊，还是益多害少，应该划为食虫益鸟。它在3月开始筑巢，大多筑在大树顶端分杈处。巢为球状，上面用细树枝搭一个盖子，侧面下方预留一个洞作为出入口。每窝产卵3至6个，17至20天孵出雏鸟，经双亲捕虫喂养40天后离巢而去。

《陈风·防有鹊巢》的抒情主人公担心有人骗爱人，更怕爱人听信了谗言：

> 防有鹊巢，
> 邛有旨苕。
> 谁侜予美？
> 心焉忉忉。

大意是说：

> 哪有堤上见鹊巢
> 哪有山上长水草
> 谁在欺骗我爱人
> 我的心里真苦恼

防就是防洪堤，"邛，丘也"（《毛传》）。喜鹊本来营巢于村舍高树间，"今言防有，非其所应有也，不应有而以为有，所以为谗言也"，而"苕生于下湿，今诗言邛有者，亦以喻谗言之不可信"（马瑞辰《毛诗传笺通释》）。

"防有鹊巢，邛有旨苕"说的是反话，正如《楚辞·湘君》"采薜荔兮水中，搴芙蓉兮木末"及《湘夫人》"鸟何萃兮蘋中"；东汉魏伯阳《周易参同契》中篇"没水捕雉兔，登山索鱼龙，植麦欲获黍"；唐元稹《酬乐天》诗"放鹤在深水，置鱼在高枝"；敦煌写卷伯3398本《卜法》子推卦"井中取鸟，树上取鱼"一样。列子说万物"皆随所宜而不能出所位"，各有各的岗位与职能，不可互相僭越，如果不该筑鹊巢的防上有了鹊巢、不该长旨苔的邛上有了旨苔，显然是反常而会被古人视为不祥之兆的。当然，这也许只是诗人的假设（这种假设同时也是含蓄的抒情）、仅为引起下文的抒情罢了。

雀无角

《召南·行露》第二章诗云：

> 谁谓雀无角，
>
> 何以穿我屋？
>
> 谁谓女无家，
>
> 何以速我狱？
>
> 虽速我狱，
>
> 室家不足！

雀也叫"家雀""琉麻雀"，今天通称"麻雀"，属鸟纲文鸟科。体长约14厘米，喙黑色，圆锥状；跗蹠浅褐色。头和颈部栗褐色，背部稍浅，满缀黑色条纹。脸侧有一块黑斑，翼部有两条白色带状斑。尾呈小叉状。成鸟喉部黑色，幼鸟近灰色；下体概为灰白色。但两性肩羽颜色有差别，成体愈显著。雄鸟为褐红，雌鸟稍带橄榄褐色。多栖止于有人类经济活动的地方，营巢于屋壁、檐边或树洞。食性随季节变化：平时主食谷类，冬季兼食杂草种子；生殖期间常捕食昆虫，并以之哺喂雏鸟。分布北至西伯利亚中部，南至马来半岛、印度尼西亚，东至日本，西至欧洲。在我国，平原和丘陵地带均有分布。因亚种分化甚多，加之分布极广，雀又被用作鸟类的通称，如战国辞赋家宋玉《高唐赋》"众雀嗷嗷，雌雄相告"、同义复合词"鸟雀"等等。

"鱼"一度被抽象为美好的代指，如信函叫"鱼书"、男女性爱叫"鱼水之欢"。而"雀"常被用作身体欠佳的前缀，例如，白天视力尚正常、入晚则视物模糊或全然不见叫"雀目"；皮肤外露部位（如面颊和手背等处）的褐色或淡褐色针头至黄豆大小的斑点叫"雀斑"。这两种医学称谓也是喻辞，皆取材于麻雀的夜盲习性和褐色羽毛，正像诗句说雀有角穿屋（比喻有人告状）一样，并没有冤枉它。角应读作《曹风·候人》之"味"（《玉篇》引作"嚼"），是鸟喙的另一种称谓。鸟用角（就像人用手一样）去完成各种各样的任务，从捕食、抓食到梳理羽毛、筑造巢穴，鹦鹉甚至还能用角辅助攀登。鸟角的大小主要取决于它吃什么以及在哪儿能找到食物。为了能敲裂种子，吃种子的鸟如麻雀、金翅雀的角呈锥状；锡嘴雀的角更是坚硬，甚至能敲碎樱桃核。鸟之有角正如鱼之有鳞，是其最显著的外貌特征，所以又被人们以偏概全地用来指称所有禽类，如西汉扬雄《太玄·穷》之次六："山无角（与汉铙歌《上邪》"山无陵"判若云泥——作者按），水无鳞。"

猫和老鼠

鼠不但盗窃人类的口粮、吞蚀我们的钱财，甚至还可以从悬挂着的鸟食容器中偷取食物。在美国，每年由老鼠造成的损失就达190亿美元，难怪人们对其深恶痛绝，不仅要"穿室熏鼠"（《豳风·七月》），而且还常用药毒鼠，总欲除之而后快。然而它们毫不收敛劣迹，竟然在我们的眼皮底下明目张胆地行窃。据估计，纽约市生存着7000万只老鼠，相当于城市人口的10倍，它们动作灵敏、行走迅速，几乎无所不在。从表面看，鼠是离我们人类最近（但不亲）的动物，常常和人同处一室；从内层看，人类与老鼠的基因组相似度约为85%，以至于有科学家论断人类起源于老鼠。基于此，《行露》《鄘风·相鼠》《魏风·硕鼠》等诗篇以鼠起兴并讽刺人事、《小雅·雨无正》以鼠形容人之幽思就毫不奇怪了。

《行露》第三章问"谁谓鼠无牙"，即唐罗隐《蟋蟀诗》所谓"鼠岂无牙"；《相鼠》答"鼠有齿"，牙者齿也。诗人认为人有"礼""仪"应像鼠有牙齿一样正常，然而偏偏有人逼娶民女，私欲不能得逞，便反咬一口，要诉"讼"该女子，这种"无止（耻）"之徒"不死何为"？而那些贪贱的统治者尸位素餐（请比较吴语"活牌位"）、不劳而获，也是一种无耻的表现，他们被诗人骂为"硕鼠"。硕者大也，鼠大欺人，我们惹不起还躲不起吗？《魏风·硕鼠》有云：

> 逝将去女，
>
> 适彼乐土。
>
> 乐土乐土，
>
> 爰得我所。
>
> ……
>
> 逝将去女，
>
> 适彼乐国。
>
> 乐国乐国，
>
> 爰得我直。
>
> ……
>
> 逝将去女，
>
> 适彼乐郊。
>
> 乐郊乐郊，
>
> 谁之永号。

"我们不干了，不再为你们卖命了，誓要另找出路、另谋职业。"这颇有点今人所谓"炒老板鱿鱼"的意味，好不痛快！

如果说《行露》之鼠、《相鼠》之鼠所携带的感情色彩尚处于中性的话，那么《硕鼠》之鼠则彻彻底底是个贬义符号了。《诗经》以降，雅俗文艺中老鼠的形象与性质就始终

《诗经》里的动物

在这两者之间摆荡，让人既恨又爱。

最爱鼠的应该是鼠最恨的猫。猫只有不断捕食老鼠，才能弥补体内牛磺酸的不足，以保持和提高自身的夜视能力，正常地生存下去，明刘基《郁离子》卷下《玄石好酒》"猫不能无食鱼……性之所耽，不能绝也"之鱼应该说成是鼠才对。

关于猫是鼠的天敌，古人早有认识与利用，《礼记·郊特牲》记载：

> 古之君子使之必报之。迎猫，为其食田鼠也；迎虎，为其食田豕也。迎而祭之也。

有了猫，有了虎，就没了或少了糟蹋田地的鼠与豕，再加上其他丰富的物产，国家自然是乐土了。如果猫鼠和平共处，便像警匪一家，那无疑是不祥之兆，《新唐书·五行志》即曰：

> 龙朔元年（661）十一月，洛州猫、鼠同处。鼠隐伏象盗窃，猫职捕啮，而反与鼠同，象司盗者废职容奸。

猫除了灭鼠和拿来供人赏玩之外，其肉也可以食用，其皮经硝制以后可制作妇女儿童的长短大衣、皮帽、手套以及出口挣外汇的皮褥等，既保暖轻便，又光泽美观。让人大跌眼镜的是，鼠肉同样可以食用。如《尹文子·大道下》

"郑人谓玉未理者为璞，周人谓鼠未腊者为璞。周人怀璞，谓郑贾曰：'欲买璞乎？'郑贾曰：'欲之。'出其璞视之，乃鼠也，因谢不取"；常璩《华阳国志·南中志》"食粮已尽，人但樵草炙鼠为命"；张鷟《朝野佥载》"岭南獠民好为'蜜唧'：即鼠胎未瞬、通身赤蠕者饲之以蜜，钉之筵上，嗫嗫而行，以箸挟取啖之，唧唧作声"（粤肴之中，清代有所谓"蜜唧烧烤"，今有所谓"三吱儿"或"三叫鼠"，皆此之遗）。而满城汉墓里有一陶瓮，内装大量的岩松鼠、社鼠、黄鼬、鼹鼠、田鼠等鼠类的骨骼，看来汉王室成员如中山靖王刘胜甚至有嗜吃鼠类的习惯。记得小时候山居谷汲，我们本为捉一只黄鼠狼，却无意捕获了一头硕鼠，最后拿来煮熟凉拌，其肉鲜红，颇为诱人。

沉默的羔羊

世界上最早的生态学著作《地员》（在《管子》中）曾用动物的动作来比拟音阶的音色：

> 凡听商，如离群羊；凡听角，如雉登木以鸣，音疾以清……凡听羽，如鸣马在野。

这跟《诗经》一样，只说雉鸣、马鸣，也没有点明羊之"鸣"，当然更甭提"咩咩"之类的特定拟声词了。或许因为羊鸣太接近于凄怆伤心的商声（参看新世界出版社2006年版弗雷泽《金枝》第二十二章"禁忌的词汇"第二节"亲戚名字的禁忌"："如果那些长辈中有名叫'牧羊人'的，她就不能说'羊'这个词，而叫作'那哀鸣的东西'；如果丈夫名叫小羊，她就把真的羔羊叫作'那哀鸣的小东西'"），古人遂避而不谈了吧。正如兔在《兔罝》中是个画外音，到了《兔爰》《巧言》里才正式曝光一样，《召南·羔羊》内的羔羊也只是个沉默死板的定语，《大雅·生民》之"达"若果真为"羍"（胞衣未脱之羔），也不过是个喻体，它的正面出场则要等到《王风·君子于役》。

诗经名物志

君子于役，

不知其期，

曷至哉？

鸡栖于埘，

日之夕矣，

羊牛下来。

君子于役，

如之何勿思？

君子于役，

不日不月，

曷其有佸？

鸡栖于桀，

日之夕矣，

羊牛下括。

君子于役，

苟无饥渴！

日落崦嵫，鸡倦归窠，羊呀牛呀也从山上下来了，君子出差在外，却不知归期，教我如何不想他呀？拿羊之类的家畜来写景抒情，这显然出自最得本地风光三昧的民间诗人之手。像陶渊明那种士大夫诗人虽已归田在乡，依然喜欢弹"山气日夕佳，飞鸟相与还""鸟倦飞而知还"之类的雅调，羔羊很难插足他们的字里行间。

《羔羊》是描写臣子在"公"处得了许多赏赐——

"羔羊之皮""素丝""食"——饭饱酒足后摇摇摆摆回家的自得之貌。如果将那些"羔羊之皮"用"素丝"缝制起来，再加上"豹饰"，便可做成"如濡""如膏"的"羔裘"，这是贵族（"邦之彦"）才能享用的奢侈品（详见《郑风·羔裘》《唐风·羔裘》等）。《桧风·羔裘》的作者用"逍遥""翱翔"等词来形容不能自强于政治的昏君在"朝""堂"之上穿着羔裘游逛的闲逸，其中"翔"字殊堪玩味。《说文解字》称"翔，回飞也"，原来是鸟类的行为。曹植《梁甫行》诗"狐兔翔我宇"、毛泽东《沁园春·长沙》词"鱼翔浅底"等又以之写走兽与水产。不管是水、陆、空哪一栖，总还不离低等动物。《桧风·羔裘》倒好，和《郑风·清人》《郑风·有女同车》一样竟别出心裁以之写人。我想这多半出于押韵的考虑，还有就是裘白如羽，穿上它来来往往，很容易让人想起那"回飞"的白色鸟儿。《论语·乡党》云："（君子）缁衣羔裘……羔裘玄冠不以吊。"杨伯峻注："古代穿皮衣，毛向外，因之外面一定要用罩衣，这罩衣就叫作裼（音"锡"）衣。这里'缁衣'……的'衣'指的正是裼衣。缁，黑色。古代所谓'羔裘'都是黑色的羊毛，就是今天的紫羔。……'羔裘玄冠'都是黑色的，古代都用作吉服。"说"羔裘"用的是黑羊之毛，所据盖为皇侃义疏"羔者乌羊也"云云。周悦让《倦游庵椠记·毛诗通·羔羊》云："《礼·王制》注：玄衣素裳为诸侯朝服。则衣羔裘者其裼必以缁衣，召南国之大夫、王朝之卿士无以异也。"说羔裘即素（白）色之裳，"玄衣素裳"即"缁衣羔裘"，我觉得非常正确。

唐太宗"十八学士"之一的孔颖达解释"羔羊之皮"道：

> 小羔大羊，对文而异。此说大夫之裘，宜直言
> 羔而已，兼言羊者，以羔亦是羊，故连言以协句。

《羔羊》中的"羊"是虚字，是为凑够四言而添加的，所以后面的诗径直称作"羔裘"。《豳风·七月》"曰杀羔羊"则反之，"跻彼公堂"用来"祭"祀的应该是大羊，连言"羔"字也是为了协句。

羔羊喜欢插足于菜园。小时候，见彝族人放任自己的羊群进了汉民的菜地，菜地主人或其他汉民便随手捡起石块驱赶之，它们遗留下的粪便极像豆豉，只是多了一股骚臭味。我还目睹过彝胞拿粗羊毛制作披毡（彝语谓之"查尔瓦"）的全过程，真是三生有幸，可惜未能看见《周易·归妹》之上六所谓"女承筐，无实；士刲羊，无血"那种剪羊毛的牧歌场面。

呦呦鹿鸣

鹿是哺乳纲偶蹄目鹿科、麂科、麝科动物的通称。通常雄鹿有骨质角（水鹿雄的也无角，驯鹿雌的也有角），每年脱换一次；比较原始的种类雌雄均无角（如麝）。在秋季发情期里，雄鹿在顶角大赛中用角争斗，以赢得与雌鹿的交配权。鹿无上门齿，第一趾完全退化，第二、五趾仅留痕迹。鹿在亚洲、欧洲、非洲、南美与北美各地均有分布，被引进澳大利亚、新西兰和新几内亚。我国所产种类很多，有麝、麂、水鹿、梅花鹿、白唇鹿、马鹿、麋鹿、驼鹿、驯鹿、獐、狍等。森林、北极苔原、沙漠、灌木地带是各种鹿的家园，那里有充足的食物和适合繁衍的栖息场所。鹿多无胆囊，所以天性胆小，再加上它们带伪装色的皮毛，因此极难被发现。鹿敏锐的感官可以察觉危险，修长的四肢有助于迅速逃跑，窄吻部使其能够探入狭小的空间寻找果腹之物。

《周易·屯》之六三谓："即鹿无虞，惟入于林中，君子几不如舍，往吝。"这是说君子可以逐鹿，可一旦鹿逃入林中，就应该放弃，如果继续追下去是不利的。军事家可以把这看作"穷寇勿迫"（《孙子兵法·军争》）之意，而实际上这只是猎户的经验之谈，鹿入深林，皮毛的保护色很快将其隐蔽起来，人眼极难觉察，更甭说捕捉它了。《召南·

野有死麕》谓：

> 野有死麕，
> 白茅包之。
> 有女怀春，
> 吉士诱之。
>
> 林有朴樕，
> 野有死鹿。
> 白茅纯束，
> 有女如玉。

不用费力追逐，却碰到一只现成的死鹿，"人欲取其肉而食之"（严粲《诗缉》），便用白茅草包起来，以免它被弄脏了。麕就是獐，亦称河麂。体长将近1米，雌雄都无角。雄性犬齿发达，形成"獠牙"，故又名牙獐。毛粗长，黄褐色。行动灵敏，善跳跃，能游泳。每胎产3至6仔。多分布于我国长江中下游及东南沿海芦滩、草原等地区，朝鲜也有分布。

"二雅"的第一篇《鹿鸣》是周朝国君大宴群臣、嘉宾时乐工所唱的歌词，其乐曲两汉三国间尚存（姑举一例：常璩《华阳国志·蜀志》记汉时蜀中若司马相如、扬雄之类的人才辈出，"故益州刺史王襄悦之，命王褒作《中和颂》、令胄子作《鹿鸣》声歌之以上孝宣帝"，是按旧曲唱新词也），至晋始失传：

肆 《诗经》里的动物

呦呦鹿鸣，

食野之苹。

我有嘉宾，

鼓瑟吹笙。

吹笙鼓簧，

承筐是将。

人之好我，

示我周行。

呦呦鹿鸣，

食野之蒿。

我有嘉宾，

德音孔昭。

视民不恍，

君子是则是效。

我有旨酒，

嘉宾式燕以敖。

呦呦鹿鸣，

食野之芩。

我有嘉宾，

鼓瑟鼓琴。

鼓瑟鼓琴，

和乐且湛。

> 我有旨酒，
>
> 以燕乐嘉宾之心。

此处"承筐"所装的可不是什么羊毛，而是拿来献给嘉宾的"币帛"（朱熹《诗集传》）等礼品。苹有两种，一种水生，即《召南·采蘋》之"蘋"；一种陆生，是鹿所食用者。鹿找到苹后就互相召唤，发出呦呦的叫声，就像"我有旨酒"就鼓琴瑟吹笙簧"以燕乐嘉宾之心"。后来者受此启发，"以桦皮为角，吹作呦呦之声，呼麋鹿而射之"（宋宇文懋昭《金志·初兴风土》。参看宋叶隆礼《辽志·鱼猎时候》："夜半令猎人吹角仿鹿鸣，鹿既集而射之。"）。

唐朝乡举考试后，州县长官宴请得中举子，也要歌唱《鹿鸣》，当然曲子是重新谱的：

> 每岁仲冬……试已，长吏以乡饮酒礼会属僚，设宾主，陈俎豆，备管弦，牲用少牢，歌《鹿鸣》之诗（《新唐书·选举志》上）。

明清时代沿袭了这套做法，地方官于乡试放榜次日宴请考中的举人和内外帘官等，席上唱《鹿鸣》诗、跳魁星舞，美其名曰"鹿鸣宴"。

母鹿叫作麀，如《小雅·吉日》"麀鹿麌麌"、《大雅·灵台》"麀鹿攸伏"。古籍也用麀泛指牝兽，如《左传·襄公四年》"在帝夷羿，冒于原兽，忘其国恤，而思其麀牡"，而在甲骨卜辞中"牝"字也可以从"鹿"旁。

狗呔非礼

时而如狗、时而如凤的孔子"疾没世而名不称"（《论语·卫灵公》。参看《史记·孔子世家》），生怕大家不知道他了；如龙的老子却向往一种"鸡犬之声相闻，民至老死不相往来"（《道德经》第八十章。参看《庄子·胠箧》《庄子·天运》）的小国生活，仿佛他才真是浮云富贵的角色。当下这个社会总算遂了他们的愿，想出名再也用不着周游列国摇唇鼓舌那么费劲儿，各自待在钢筋水泥的家中照样可以听见彼此的"机"（手机、计算机等各种机器）犬之声。因为狗几乎成了全国人民的座上宾、床上伴（敦煌写卷伯3106本云："犬粪坐席上，君子高迁……粪床上，忧死亡，大凶"，可见唐时已然），人狗对话已然不是什么稀罕事儿了。

《野有死麕》里有一只活狗却并非人的宠物：

> 舒而脱脱兮，
>
> 无感我帨兮，
>
> 无使尨也吠。

怀春的男女正在离人家户不远的野外（即该诗前两章之

"野"与"林"，《毛传》："郊外曰野，野外曰林"）幽会，"吉士"对"如玉"的美女"诱之"不足又继之以粗手大脚（感帨即撼帨，解开佩巾的意思），玉女叫他慢慢来别猴急，惊动了尨可不是闹着玩儿的。

《毛传》认为"尨，狗也"，而男女"非礼相侵则吠狗"。从《野有死麕》始作俑而后，历代诗文描写儿女私情仿佛总离不开狗，例如唐李商隐《题二首后重有戏赠任秀才》诗中那只"卧锦茵"的"乌龙"、唐裴铏《传奇》内那头"曹州孟海"猛犬。唐徐坚等编辑的类书《初学记》卷二九载北魏贾岱宗《大狗赋》甚至赞美狗既能防盗盗物，也能防人偷人："昼则无窥窬之客，夜则无奸淫之宾"。稍微世故一点：外贼来了才吠，获取主人的宠爱；外遇来了就不作声，博得主妇的欢心。"有女怀春"虽然乐意"吉士诱之"，但她却极怕"尨也吠"，因为她要么不是它的主人，要么是它并不世故、识趣。

狗得宠成了lucky dog以后，人的语言也因之而丰富，如英语谚语有所谓"love me，love my dog"（爱屋及乌）、"every dog has his day"（人人皆有出头日），中文谚语有所谓"打狗看主面""尊客之前不叱狗"，《齐风·卢令》"卢（西晋张华《博物志》卷六《物名考》："韩国有黑犬名卢。"——作者按）令令，其人美且仁"云云也是先夸狗后捧人。

《魏风·伐檀》里的貆跟狗一样同属犬科：

不狩不猎，

胡瞻尔庭有县貆兮？

诗人责问不劳而获的官吏：你这财物来路不明呀！貆悬挂着应该是为了风干后做盘中餐。其实古代还曾专门饲养"食犬"供人大快朵颐（参看《周礼》"凡相犬，牵犬者属焉"疏："犬有三种：一者田犬，二者吠犬，三者食犬。……若食犬，观其肥瘦，故皆须相之牵犬者。"《埤雅》云："食犬若今菜牛也。"《本草纲目》曰："食犬，体肥，供馔。凡本草所用，皆食犬也"）。2010年11月25日，西安咸阳机场二期扩建工程区内一座战国秦墓的壁龛中出土了一件青铜鼎，打开时竟然发现还有半鼎幼狗（雄性，年龄在10个月到1年之间）骨头汤（参看汉枚乘《七发》"肥狗之和"，"和"谓《商颂·烈祖》之"和羹"，肥狗之和羹殆即《礼记·内则》之"犬羹"）：汤表漂浮着青铜挥发出来的绿斑锈物质，汤色混浊而骨头清晰——因长期浸渍，骨头也变为青铜锈的绿色了。汉郑玄《郑笺》说："貉子曰貆。"貉亦称"狗獾"，其子貆当然也是狗獾了。近人金启华误释貆为"猪獾"，无疑是向古代倒退了几百年，因为明人李时珍就已经分清"二种相似而略殊。狗獾似小狗而肥，尖喙，矮足，短尾，深毛，褐色"，"蜀人呼为天狗"（《本草纲目》兽部五一卷）。它兴许就是《山海经·西山经》所谓"如狸而白首"之"天狗"，我认为以蜀中氐人猎户形象作原型而塑造的灌口二郎神所牵之犬即此。因此元吴昌龄（一说为明杨景言）《唐三藏西天取经》谓之"细犬"，小狗也；明许仲琳《封神演义》谓之"哮天犬"，天狗也。否则，就是那被《毛传》称作"田犬"的"狵"或"歇骄"（《秦风·驷驖》）了。

壹发五猪

宋人笔记《道山清话》载欧阳修的话说，"人家小儿要易长者，往往以贱名为小名，如狗羊犬马之类是也"（明陆楫《古今说海》引作"人家小儿要易长育，往往以贱物为小名，如狗羊犬马之类是也"，明陈士元《名疑》引作"人家小儿要易育成，故以贱名为小名，如羊豕狗马之类是也"，清查慎行《敬业堂诗集》引作"人家小儿要易长育，往往借贱物为小名，如狗羊犬马之类是也"，钱锺书《围城》引作"人家小儿要易长育，每以贱名为小名，如犬羊狗马之类"。参看清赵翼《陔余丛考》卷四二"命名奇诡"条）。基于此，我们的古人也并不避讳在姓名内采用"猪"字或与猪有关的字，例如汉武帝刘彻的乳名叫"彘"（西汉扬雄《方言》："猪，北燕、朝鲜之间谓之豭，关东西或谓之彘，或谓之豕"），甲骨文彘从豕身着矢，是一头猪中箭的样子；又如被汉代政论家贾谊的《新书》频频提及的汉朝功臣陈豨（西汉扬雄《方言》："南楚曰豨，吴扬曰猪。"南朝宋何承天《纂文》："渔阳以大猪为豝，齐徐以小猪为豨"），竟以猪的别称作为大名；再如明代吴承恩《西游记》里鼎鼎有名的猪八戒，"猪"字俨然成了他的尊姓。

在"驺虞"（《新书·礼》："驺者，天子之囿也；

虞者，囿之司兽者也"）眼里，猪并不是什么美名，而是天子盘中的美餐。《周礼·膳夫》就曾记载："凡王之馈，……珍用八物。"据郑玄注，其中一珍即"炮豚"（烤乳猪）。在诗人（此指《召南·驺虞》的作者）眼里，能够一箭双雕、一石三鸟的猎人并不值得赞叹（"于嗟乎"），只有那"壹发五豝"的虞人才是最棒的。我不认同像清马瑞辰《毛诗传笺通释》那样释"壹"为"发语词"，"壹发五豝"的意思应该是连续五次都以一箭（在《汉书》中，驺又可通"菆"，矢之善者、好箭也。或云"驺虞"之驺是"驺从"，非是）射毙一猪，《小雅·吉日》称这种壹发而死为"殪"。

据说曾有一干日本人到中国来斥巨资把"满汉全席"吃了个遍，最后得出结论是"诸肉唯有猪肉香"。这让我想起了清朝四川威远知县李南晖在其兽医学著作《活兽慈舟》里的论调：

> 盖闻天地生万物，利用多随人。惟此豕畜味
> 滋第品，凡饮食者莫不以豕肉为先，故豕能利用于
> 人……人食豕肉，则能补人肉。

他不但觉得猪肉最好吃，而且还营养补人，正所谓"其味隽永，食之润肠胃，生精液，丰肌体，泽皮肤"（见清吴仪洛《本草从新》、清汪昂《本草备要》等），难怪周人的远祖公刘犒宴族众时，要"执豕于牢，酌之用匏"（《大雅·公刘》）了。

不仅如此，古人还用猪油润滑车轴。《史记·田敬仲完世家》淳于髡曰："豨膏棘轴，所以为滑也。"司马贞索隐："豨膏，猪脂也。"以此类推，《诗经·邶风·泉水》"载脂载辖"、《小雅·何人斯》"遑脂尔车"中的"脂"都应该指的是猪脂。《卫风·硕人》"肤如凝脂"尚停留在比喻上，一些少数民族则会用猪油直接当护肤品，如《后汉书·东夷传》挹娄人"冬以豕膏涂身，厚数分，以御风寒"。

现代城市人都吃过猪肉，却没见过猪跑。在《小雅·渐渐之石》的作者看来，猪跑甚至可以预报天气：

> 有豕白蹢，
> 烝涉波矣。
> 月离于毕，
> 俾滂沱矣。

白蹄猪跑到水里，月亮靠近了毕星，都是滂沱之雨将至的征兆。

天子之家崇尚黄色，兔以"皎如霜辉"（唐蒋防《白兔赋》）最为人所喜闻乐见，猪则以乌黑为贵。所以，它曾被人冠以"乌羊""乌将军""黑面郎"等称号；今人常呼煤炭为"乌金"，而"唐拱州人畜猪致富，号猪为乌金"（唐张鷟《朝野佥载》）。俗语云"穷不丢猪，富不丢书"，书中有"黄金"（当然也有"乌金"，如《豳风·七月》之"豵""豜"等等），但要人去读去找，而猪全身是宝，不管你吃不吃它，它活生生就是一大块金子。

燕燕

2006年暮春，一双家燕飞到邻居的屋檐一角艰辛而缓慢地筑巢哺雏。对我而言，那是一段"梁间新燕语逡巡"（宋郑文宝《寒食访僧》诗）的美好时光；对邻居而言，那是"燕子不进愁人家"（参看清龚炜《巢林笔谈》卷六"燕巢，吉征也"条）。不料这一切一眨眼便被几个好奇的儿童破坏了，他们用扫帚的竹柄一下就捅落了燕巢，大燕觅食未归，小燕们已落入了一双双无知的小手中。我阻止不及，心泣涕如雨。

战国末秦国大臣吕不韦主编的《吕氏春秋》之《季夏纪·音初》里又有一则美女与燕子的故事：

> 有娀氏有二佚女，为九成之台，饮食必以鼓。帝令燕往视之，鸣若"隘隘"。二女爱而争搏之，覆以玉筐，少选，发而视之，燕遗二卵，北飞，遂不反。二女作歌一终，曰"燕燕往飞"，实始作为北音。（原文据清学者毕沅的校正有所改动）

"帝令燕"用《诗经·商颂·玄鸟》的话说，就是"天命玄鸟"，"玄乃赤黑色，燕羽是也，故谓之玄鸟"（北宋沈括《梦溪笔谈》卷三）。《邶风·燕燕》只写到"下上其音"，此篇则已模拟出了它的叫声——"隘隘"。这两个女子极喜爱那只玄鸟，舍不得它飞走，用玉筐将它盖住，可最后不小心还是让它溜了，只留下两枚小蛋。后人因此创作出了一段大传奇：在《商颂》里还很含蓄，如"天命玄鸟，降而生商""有娀方将，帝立子生商"；到了《史记·殷本纪》中就直言不讳了：

> 殷契母曰简狄，有娀氏之女，为帝喾次妃。
> 三人行浴，见玄鸟堕其卵，简狄取吞之，因孕，
> 生契。

燕子向北飞走了，再也不回来了，两位美女依依不舍，便谱了一首只有"燕燕往飞"这一句歌词的歌，《吕氏春秋》写作班子视之为北国音乐的开山之作。

《燕燕》抒发的也是"我"（与诗末的"寡人"同是某位卫国君主的自称）送妹妹出嫁时的难舍之情，"燕燕于飞"实即"燕燕往飞"，燕燕就是燕，复言之既为了凑字协句，也洋溢着亲昵的味道，并非当代注家所谓"双双对对的燕儿"。"差池其羽""颉之颃之""下上其音"都是在描写同一只燕子，句句饱含着送嫁者与出嫁者（"之子"）之间依依惜别的深情。二女不愿"燕燕往飞"，"我"难舍"之子于归"：

> 燕燕于飞，

差池其羽。
之子于归，
远送于野。
瞻望弗及，
泣涕如雨。

燕燕于飞，
颉之颃之。
之子于归，
远于将之。
瞻望弗及，
伫立以泣。

燕燕于飞，
下上其音。
之子于归，
远送于南。
瞻望弗及，
实劳我心。

全诗感天动地泣鬼神，对后来的离别文学有一定影响，如《古诗十九首·迢迢牵牛星》"泣涕零如雨"、宋辛弃疾《贺新郎·别茂嘉十二弟》词"看燕燕，送归妾"等，这又让我不由联想到罗贯中《三国演义》第三六回那个感人的场面：

玄德不忍相离，送了一程，又送一程。庶辞曰："不劳使君远送，庶就此告别。"玄德就马上执庶之手曰："先生此去，天各一方，未知相会却在何日！"说罢，泪如雨下。庶亦涕泣而别。玄德立马于林畔，看徐庶乘马与从者匆匆而去。玄德哭曰："元直去矣！吾将奈何？"凝泪而望，却被一树林隔断。玄德以鞭指曰："吾欲尽伐此处树木！"众问何故，玄德曰："因阻吾望徐元直之目也。"

鸡唱东方明

　　古代原鸡的后裔可分为三支：一是变化不大的现代原鸡，雄鸡鸣声好似"茶花两朵"，故云南俗称"茶花鸡"；二是经遗传变异而演化成的野鸡，如《邶风·雄雉》《邶风·匏有苦叶》及《王风·兔爰》之"雉"、《简兮》及《卫风·硕人》之"翟"、《郑风·清人》之"乔"（即《小雅·车舝》之"鹬"）、《小雅·斯干》之"翚"皆是；三是经人工饲养而进化的家鸡，即《王风·君子于役》《郑风·女曰鸡鸣》《郑风·风雨》《齐风·鸡鸣》中的"鸡"。明人王圻《三才图会》认为："鸡，西方（指我国西部的湖北、四川等地。日本昔时亦称中国为西方——作者按）之物也。"后来英国生物学家达尔文误解了王圻原意，在其《动物和植物在家养下的变异》一书中写道："鸡是西方（指印度——作者按）的动物，是在公历纪元前一千四百年的一个王朝的时代引进到东方（即中国）的。"于是，饲养家禽的普及读本都一窝蜂跟在达尔文屁股后面说中国的家鸡是从印度传来的。不读书而数典忘祖，竟一至于此！

　　众所周知，雄性动物的羽毛总比雌性动物的漂亮，就说《雄雉》里这只"泄泄其羽"的"雄雉"（《清人》里用其羽毛来装饰"矛"的"乔"也应该是雄的）吧，它无疑就

诗经名物志

是《匏有苦叶》中那只雌雉想要追"求"的"牡"，正像"怀"念"君子"的"我"与等在"济"水渡口旁的"卬"都渴望着成为"士"之"妻"一样。雄雉鸡有大而附属的翼羽，上面饰有美丽的眼点，常在雌鸡的求偶期展现。因为太大了，所以雄鸡几乎飞不起来，但愈大愈能吸引雌鸡。

深秋的清晨，"旭日"初升，一个女子焦急地徘徊于岸边，惦记着住在河那边的未婚夫，心想：他倘若没忘了结婚的事，就该趁河水还没结"冰"，赶快过来迎娶才是。眼下这济水虽然涨高，还不过半车轮深浅，那迎亲的车子该不难渡过吧？此时，雌雉"求其牡"（反之即《小雅·小弁》"求其雌"）的"鸣"声又响起在耳畔，更加触动了她的"心"事。

有异性追求的雉是幸福的，可一旦误落罗网就惨了，所以《王风·兔爰》以"雉离于罗"形容人"生"不"逢"时：

　　　　有兔爰爰，

　　　　雉离于罗。

　　　　我生之初，

　　　　尚无为，

　　　　我生之后，

　　　　逢此百罹。

　　　　尚寐无吪！

　　　　有兔爰爰，

肆 《诗经》里的动物

雉离于罦。

我生之初，

尚无造，

我生之后，

逢此百忧。

尚寐无觉！

有兔爰爰，

雉离于罿。

我生之初，

尚无庸，

我生之后，

逢此百凶。

尚寐无聪！

　　身当季运，命苦如此，只好逃往黑甜乡避难了，能暂忘一宿是一宿，明日愁来明日愁。

　　其实，中国对鸡的驯化不但远远早于印度，而且鸡被成功地写进文学作品的历史也遥遥领先于世界各国，《女曰鸡鸣》《风雨》《鸡鸣》等华章即凿凿明证。在古人生活中，鸡是当之无愧的"知时畜"（宋邢昺《尔雅疏》）、名副其实的"生物钟"。所谓"鸡知将旦"（西汉刘安《淮南子》），人们可以不起床靠闻"鸡鸣"而知天色将亮（"昧旦"），甚至能够再根据惯例得知"朝既盈矣""朝既昌矣"，官员们都上早朝了。可缠绵于床笫的丈夫却不想上朝，还近乎撒娇地戏称：

> 匪鸡则鸣，
>
> 苍蝇之声。
>
> ……
>
> 匪东方则明，
>
> 月出之光。
>
> ……
>
> 虫飞薨薨。

这哪是鸡在叫，那是月光下苍蝇等小虫飞得乱哄哄地响。最后躲不过贤妻的一再催促，才无奈地改口：

> 甘与子同梦，
>
> 会且归矣，
>
> 无庶予子憎。

他对她说："报了到马上就回来，与你重温香梦，你该不会把我恨吧。"我说："老兄，你若不赶紧去上朝，拿不到工资，你的'予子'（严粲曰："予子，吾子也，称其所昵也，爱而称之之辞也"）才真要'憎'你了。"

在《风雨》之中，鸡不再像《女曰鸡鸣》《鸡鸣》那样只出现在人物的对话里，它面对"凄凄""潇潇"的风雨，亮开嗓门"喈喈""胶胶"地叫个"不已"，就像淑女"既见君子"之时心情激动不已。鸡和人都没把"风雨如晦"放在眼里，因为各有各的"喜"悦需要倾吐，不，是喷发！《诗序》认为"风雨"象征"乱世"，那么君子又何尝不似一只一唱天下白的雄鸡呢？西汉韩婴《韩诗外传》卷二记田饶向鲁哀公赞鸡有"文""武""勇""仁""信"五德，良有以也！

鸿雁

《小雅·鸿雁》诗云：

鸿雁于飞，
肃肃其羽。
之子于征，
劬劳于野。
爰及矜人，
哀此鳏寡。

鸿雁于飞，
集于中泽。
之子于垣，
百堵皆作。
虽则劬劳，
其究安宅。

鸿雁于飞，
哀鸣嗷嗷。
维此哲人，

谓我劬劳。

维彼愚人,

谓我宣骄。

《周易·渐》虞翻注:"鸿,大雁也。"朱熹也认为:
"大曰鸿,小曰雁。"现代动物学却以"雁"为鸟纲鸭科雁
亚科各种类的通称,其下包括了鸿雁、豆雁、白额雁等。

雁为大型游禽,大小、外形一般似家鹅,或较小。嘴
宽而厚,末端所具"嘴甲"也较宽阔。啮缘具较钝的栉状突
起。雌雄羽色相似,多数种类以淡灰褐色为主,并布有斑
纹。主食植物的嫩叶、细根、种子,间亦啄食农田谷物。
羽、肉均可取用,为重要狩猎水禽。每年春分后飞往北方,
秋分后飞回南方,为候鸟的一种。群飞时行列整齐而有次
序,《郑风·大叔于田》谓之"雁行",后世称之"雁阵"
(如唐王勃《秋日登洪府滕王阁饯别序》"雁阵惊寒")
或"雁字"(如宋朱熹《次韵择之进贤道中漫成》诗"落
日天风雁字斜")等等。而鸿雁是家鹅的原祖,别称"雁
鹅""野鹅"。雄鸟体长达82厘米,雌鸟较小。嘴黑色,较
头部为长。雄鸟嘴基有一膨大的瘤,雌鸟瘤不发达。两性体
羽均为棕灰色,由头顶达颈后有一红棕色长纹。腹部有黑色
条状横纹。栖息河川或沼泽地带,偶见于树林中。苏轼在黄
州定慧院寓居时写了一首《卜算子》:"缺月挂疏桐,漏断
人初静。谁见幽人独往来?缥缈孤鸿影。惊起却回头,有恨
无人省。拣尽寒枝不肯栖,寂寞沙洲冷。"有人许是拘于
"鸿雁于飞,集于中泽"之说,对"拣尽寒枝不肯栖"一句

诗经名物志

提出异议："鸿雁未尝栖宿树枝，惟在田野苇丛间，此亦语病也。"（南宋胡仔《苕溪渔隐丛话》前集卷三九）有人却用心追溯语源，辩白道："仆谓人读书不多，不可妄议前辈句，观隋李元操《鸣雁行》曰'夕宿寒林上，朝飞空井中'，坡语岂无自耶？"（宋王楙《野客丛书》）无意中竟然吻合了事实之一边。

《诗序》说《鸿雁》是赞美周宣王能安集离散的"万民"，使其得到安身立命之所。另说这是记宣王使臣安集流民之事，与《诗序》的观点似二实一。那只"肃肃其羽""哀鸣嗷嗷"的鸿雁一反《匏有苦叶》"鸣雁"的欢欣，成了"劬劳于野"的孤苦劳人的象征。"鸿雁于飞，肃肃其羽。之子于征，劬劳于野"跟《燕燕》"燕燕于飞，差池其羽。之子于归，远送于野"在句法、用字上都有相似之处，这种情形在《诗经》中屡见不鲜，或许就是整理者留下的针线迹、斧凿痕。

《女曰鸡鸣》里"将翱将翔"的"雁"被"士"看中了：

弋言加之，
与子宜之。
宜言饮酒，
与子偕老。
琴瑟在御，
莫不静好。

《诗经》里的动物

汉郑玄《郑笺》谓"弋，缴射也"，就是用绳系在箭上射，即使雁侥幸中箭不死，也插翅难逃。雁肉不但可以佐乐下酒，它的脂肪还能拿来制作"生发膏"、治疗耳聋，把它的骨头烧成灰后和着淘米水洗头利于长发（详见唐孟诜《食疗本草》禽部），这些无疑都适合"与子宜之"、与"女"共享。

狐狸

狐又叫"草狐""赤狐""红狐",属哺乳纲犬科。体长约70厘米,尾长约45厘米。毛色变化很大,一般呈赤褐、黄褐、灰褐色;耳背黑色或黑褐色,尾尖白色。尾基部有一小孔,能分泌恶臭。栖息森林、草原、半沙漠、丘陵地带,居树洞或土穴中,傍晚出外觅食,天明始归;杂食虫类、两栖类、爬行类、小型鸟兽和野果等。生殖期结成小群,其他时期单独生活。我国有北狐南狐之分,北狐分布于东北、内蒙古、河北、陕西、甘肃、山西等地;南狐则分布于浙江、福建、湖南、湖北、四川、陕西、云南等地。毛皮极为珍贵。

《周易·未济》"小狐汔济,濡其尾"的集解者引东晋学者干宝的话说:"狐,野兽之妖者。"这与《诗经》作者的态度差不多,试看《邶风·北风》"莫赤匪狐"是"喻卫之君臣皆恶"(孔颖达疏),也因为狐是妖淫之兽;《卫风·有狐》"有狐绥绥"是比喻妖淫的奴隶主,他有霸占奴隶的妻子的权力;《齐风·南山》"雄狐绥绥"与前句相似,是影射私通他同父异母的妹妹文姜的齐襄公。

《豳风·七月》"取彼狐狸,为公子裘"是指狐与狸两种动物,后人却并称"狐狸"来偏指"狐"。狸属猫科，亦称"野猫""钱猫""山猫""狸猫""豹猫"等，体大如猫。全体浅棕色，有许多褐色斑点，从头顶到肩部有四条棕褐色纵纹，两眼内缘向上各有一白纹。栖息森林、草丛间，常出没于城市近郊。以鸟类为食，常盗食家禽，也吃鼠、蛙、蛇、昆虫、果实等。广布于我国南北各地，以及越南、印度等地。毛皮可制裘。

在诗人的法眼中，狐似乎也只有被制作成"狐裘"来暗示冬季降临和君王身份的好处（《礼记·玉藻》"君衣狐白裘，锦布以裼之"），详见《邶风·旄丘》《秦风·终南》《七月》等篇。狐裘的制作工艺甚至形式恐怕都与《羔羊》所描述的羔裘相仿，所以《桧风·羔裘》"羔裘逍遥"跟"狐裘以朝"不但相提并论，而且是相得益彰的互文。

拟人化后的狐不仅妖淫，而且狡诈，最显著的例子莫如《战国策·楚策》那则狐假虎威的寓言："狐曰：'子无敢食我也，天帝使我长百兽，今子食我，是逆天帝命也……'"（参看宋李昉等编《太平御览》卷四九四引《尹文子》）。巧的是，《诗经》也多以雄狐指代君王，君王不也常自诩为奉天承运的天使、天子（《西京杂记》卷三樊哙"自古人君皆云受命于天"）吗？

暴虎

虎也是猫科动物，头大而圆，体长 2 米左右，尾长 1 米多。体呈淡黄色或褐色，有黑色横纹，尾部有黑色环纹。背部色浓，唇、颌、腹侧和四肢内侧白色，前额有似"王"字形斑纹。夜行性，能游泳。捕食鹿、羊等动物，有时也伤害人类。每胎产 2 至 4 仔。分布于亚洲，活动范围北至西伯利亚，南抵印度尼西亚、印度。我国有东北虎、华南虎等，其骨可入药，毛皮可做褥垫和地毯等，而一些埃及祭司在举行祈祷仪式的时候也披着虎皮。

在猎手眼里，虎并非"长百兽"之"山君"（《骈雅》），正所谓"一猪二熊三老虎"，发怒的野猪才是最猛的。然而颇具反讽意味的是，虎在夜间也敢于捕食野猪。看来，虎无疑还是"孔武"（《大雅·韩奕》）有力的，《邶风·简兮》便以"有力如虎"来歌赞英俊的舞师，《鲁颂·泮水》则径称"矫矫"的武士为"虎臣"。而《山海经·海内北经》"林氏国有珍兽，大若虎，五采毕具，尾长于身，名曰驺虞"及明刘基《郁离子》卷上《采山得菌》"西方有兽，斑文而象虎，名曰驺虞，其性好仁，故出则天下偃兵"所言，莫不就是那"壹发五豝"的驺虞的拟物化？当代甚至有学者继西汉扬雄《方言》"虎……江淮、南楚之间谓之李

肆
《诗经》里的动物

耳"之后宣称道家始祖老聃、李耳的彝语意义即虎首、母虎。诸如此类，虎与人可谓太有缘了！

《论语·述而》记载了一则关于勇与谋的对话：

> 子路曰："子行三军，则谁与？"
>
> 子曰："暴虎冯河、死而无悔者，吾不与也。必也临事而惧、好谋而成者也。"

孔子化用《小雅·小旻》中的成语"暴虎冯河"形容面临战事有勇无谋（引申之，即明刘基《郁离子》卷下《世事翻覆》所谓"知祸而弗避"）之军人，《小旻》本义却是说，如果贤人只有临渊履冰之惧，"不敢暴虎，不敢冯河"，那么国事就不可为了。徒手搏虎叫作"暴虎"（又见《郑风·大叔于田》），就像《水浒传》"武松把左手紧紧地揪住（大虫）顶花皮，偷出右手来，提起铁锤般大小拳头尽平生之力只顾打"那样，不仅需要手劲，更需要胆量，甚至离不开酒精的催化与激发。

而对于"谮人"（造谣生事之人），"寺人孟子"（宦官），恨不能将其投豺喂虎，结果那人坏透了，连豺、虎都嫌弃"不食"（详见《小雅·巷伯》。参看元周达观《真腊风土记·死亡》"人死无棺……抬至城外僻远无人之地，弃掷而去，俟有鹰犬畜类来食：顷刻而尽，则谓父母有福，故获此报；若不食或食之不尽，反谓父母有罪而至此"）。猛虎不吃坏人，"此乃君臣并筵、嫂叔同室，历观坟籍，未有其事"，只不过是诗人的一厢情愿罢了。

莫黑匪乌

今人口头禅有所谓"老鸹笑猪黑，自己不觉得""天下乌鸦一般黑"（《红楼梦》作"天下老鸹一般黑"），《北风》只用"莫黑匪乌"四字就道尽了这些意思。老鸹、老鸦、乌，今人通称为乌鸦，泛指雀形目鸦科部分种类，如大嘴乌鸦、秃鼻乌鸦、白颈鸦、渡鸦、寒鸦（即《小雅·小弁》"弁彼鸒斯，归飞提提"之"鸒"。"弁彼鸒斯，归飞提提"可借隋炀帝杨广诗句"寒鸦飞数点"对译，《说文》"雅，楚乌也，一名鸒"，徐铉等曰"今俗别作鸦，非是"）等。体型大，通体羽毛或大部分羽毛为乌黑色，喙及足都强有力，鼻孔常被鼻须。多营巢于高树，杂食谷类、果实、昆虫、鸟卵、雏鸟以及动物的腐尸，广布于全球。

古代词典如《唐雅》《小尔雅》则将乌与鸦分开来说：纯黑而反哺者谓之乌，小而腹下白、不反哺者谓之鸦。乌"鸟初生，母哺六十日，长则反哺六十日，可谓慈孝矣"（《本草纲目·禽部》），所以乌又有"慈乌"的美名，"而孝子吴顺奉母，赤乌巢其门"（常璩《华阳国志·蜀志》。事亦见同书《先贤士女总赞》中）。鸦则是个不奉养父母的不孝子，或许因此古人便不常连言"乌鸦"，却惯于并提"乌鹊"来偏指"鹊",如杜甫"浪传乌鹊喜"、黄庭坚"慈母每占乌鹊喜"等诗句。不过"乌"与"鸦"却可以等义互换,如《焦氏易林·师》"鸦鸣庭中"云云,《大过》篇只改一字作"乌鸣庭中"云云。

万事万物皆有例外,"乌鹊"也有偏指"乌"而言的时候,最知名的例子就是曹操《短歌行》"月明星稀,乌鹊南飞。绕树三匝,何枝可依"。该诗不但引用了《子衿》《鹿鸣》里的原句,还点化了《小雅·正月》"瞻乌爰止于谁之屋"(请比较西汉韩婴《韩诗外传》卷三:"爱其人及屋上乌")之义。此两句说瞧那乌鸦不知将停降在何家屋顶,比喻"我"怀才不遇、无处栖身,这刚好符合曹诗的用意:以乌鹊绕树无依比喻乱世中人才的漂泊、无所依托(一说喻人民流离,亦通)。但曹操毕竟是曹操,不像《正月》的抒情主人公那样一味地"忧伤"到底,他在曲终处用"周公吐哺,天下归心"一转,表达了一种近乎自负的自信。注意这转中还有承,以"一饭三吐哺"(《史记·鲁周公世家》)的周公承接反哺的乌,以乌的反哺比拟周公的吐哺。现代翻译家钱歌川认为这个"乌鹊"的"乌"字是个形容词,因为鹊本属乌族而羽毛也黑,不啻是强作解人。英国汉学家翟理斯(Herbert A.Giles)将这个"乌鹊"译成raven非常准确,却被钱氏斥为"大错特错"(详见钱著《英文疑难详解续篇》),《正月》又云"具曰予圣,谁知乌之雌雄"(请比较《木兰辞》"安能辨我是雄雌"),挖苦的正是钱氏这类人。《三国演义》第四八回也释"乌鹊"为"鸦",文人果然心细若发，往往比学士更易见道而为读者揭示事实的真相。

　　乌鸦的聪明则仅次于文人，被誉为"鸟中诸葛亮"。它会把核桃扔在马路上让汽车替它把壳碾碎，再吃壳里的仁；乌鸦看到狗在吃东西，往往会有几只飞过去啄狗的屁股，待狗反身攻击时，另外几只迅速将狗放下的食物抢走；乌鸦甚至还能像鹦鹉那样学人说话，像野生黑猩猩那样制作捕捉昆虫的工具。

象齿

1949年，岑仲勉发表《楚为东方民族辨》时曾转述胡厚宣《楚民族源于东方考》的观点说："商为服象之民族，春秋、战国时楚犹有象，且以供役。"竺可桢在其名篇《中国近五千年来气候变迁的初步研究》内又综括1944年胡氏发表的论文《气候变迁与殷代气候之检讨》道：

> 在武丁时代（公元前1324？——前1365年？）的一个甲骨上的刻文说，打猎时获得一象。表明在殷墟发现的亚化石象必定是土产的，不是象德日进（Pierre Teilhard de Chardin，1881—1955，法国籍耶稣会士、进化论学者——作者按）所主张的，认为都是从南方引进来的。河南省原来称为豫州，这个"豫"字就是一个人牵了大象的标志，这是有意义的。

近几十年来，广汉三星堆、成都金沙等古蜀遗址、巫山大溪文化遗址、河南安阳妇好墓、山东大汶口文化遗址都发掘出土了大量的象牙和象牙器（梳、杯、筒、琮、珠、手镯、臂饰、项饰、耳饰等），浙江余姚河姆渡出土的距今七千多年的象牙片上还刻有双鸟朝阳的图像，我认为这些象牙也是中国"温和气候时代"的土产，而非进口货、舶来品，故《山海经·中山经》云"岷山……其兽多犀、象"、西汉扬雄《蜀都赋》云"马犀象僰"、西晋左思《蜀都赋》云"犀象竞驰"、东晋常璩《华阳国志·蜀志》云"其宝则有……氂、犀、象……之饶"（参看同书《南中志》、《先贤士女总赞》中及樊绰《蛮书》卷七，《水浒全传》第二十四回王婆夸奖西门庆家里"也有犀牛头上角，亦有大象口中牙"）。由此来看，宋苏颂《图经本草》兽禽部卷十三称"象牙，旧不著所出州郡"显然是孤陋寡闻了。唐人戴孚《广异记·阆州莫徭》（亦见宋李昉等编《太平广记》卷四四一）说武则天时期，川北阆州有个樵夫曾医救过一头大象，最后大象送了一枚大象牙作为报答。直到清朝末叶，成都平原附近的龙泉山脉简阳县境内仍发现过野象的踪影，当地村民用锄头、棍棒把这只来历不明的大象击毙后，还将它的牙齿挂在墙壁上避邪压胜。无独有偶，2010年4月简阳"龙垭旧石器时代遗址"出土了动物骨骼碎化石、石器、骨器总共上万件，包括象、鹿、豪猪、羊及猫科动物，其中最显眼的是两根分别长3.15米和2.2米的东方剑齿象象牙化石（更早的一些考古发现可参看1984年第一期《文明》之《四川的古象》一文）。

恐龙灭绝之后，象成了陆地上个体最大的动物，所以南宋知名作家范成大在其《桂海虞衡志》中说"兽莫巨于象"。身高约3米，皮厚毛少，肢粗如柱。鼻与上唇愈合成圆筒状长鼻，鼻端有指状突起一或两个。上颌门齿大而长，俗称象牙。象牙除被古人拿来搞祭祀活动（如《周礼·秋官·壶涿氏》所记。又如三星堆所用，详参2007年4月29日《成都日报》A5）、治疗疾病（如宋苏颂《图经本草》所记）以外，还是上等的手工艺原料，例如《鄘风·君子偕老》"象之揥也"、《魏风·葛屦》"佩其象揥"，说的就是贵族（"邦之媛"、"好人"等）日用的发饰。这两句中的"象"和《小雅·采薇》"象弭"、《礼记·玉藻》"笏，天子以球玉，诸侯以象"（五代李珣《海药本草》亦称：西域重象牙，用饰床座；中国贵象牙，以为笏）、《楚辞·离骚》"杂瑶象以为车"之"象"皆为"象齿"的省称。跟《玉藻》《离骚》一样，《君子偕老》里与"象"并提的也是"玉之瑱也"，《鲁颂·泮水》则径称"象齿"为"琛"，可见象牙自古至今都是如玉一样的好东西。

万物有利就有弊，象也常常因自己的牙而丧了自己的命，正如"肥豕必烹，甘泉必竭"（《逸周书·周祝》），"山木自寇也；膏火自煎也；桂可食，故伐之；漆可用，故割之"（《庄子·人间世》），"象有齿以焚其身"（《左传·襄公二十四年》），因为古人早就认识到"其牙以标而杀之者上也，自死而随时为人所取者次之，死于山中多年者斯为下矣"（元周达观《真腊风土记·出产》）。

圣人鹑居

中国文化元典《庄子》里有两段精彩论述，我称之为"仿生修身学"：

> 鹊上高城之堄，而巢高榆之颠，城坏巢折，陵风而起。故君子之居世也，得时则蚁行，失时则鹊起也（宋李昉等编《太平御览》卷九二一引佚文。南朝梁萧统编《文选·谢玄晖和伏武昌登孙权故城》注引《庄子》与此略异）。

> 夫圣人鹑居而𪃟食，鸟行而无彰：天下有道，则与物皆昌；天下无道，则修德就闲（《天地》篇。《后汉书》王充等传论"人乘𪃟饮"注引"食"为"饮"）。

世道淳朴，君子得志，就应该像鹑一样随遇而安，一旦失势，就应像鹊一样飞遁无踪。清刘献廷《广阳杂记》卷三"宗夏述杨耕夫之言曰：学者岂有择地而隐之理？随寓而安，斯真隐矣"，似乎又比《庄子》的境界高了一个档次。清顾禄《清嘉录》卷九引《尔雅疏》云："鹌、鹑为二：无斑者为鹌，有斑者为鹑。但形状相似，俱黑色，今人总以鹌鹑名之。"鹌鹑属鸟纲雉科，雄鸟体长近20厘米，为鸡形目中最小的种类。体型酷似鸡雏，头小尾秃。额、头侧、颏和喉等均为淡红色。周身羽毛都有白色羽干纹，系一显著特征。冬季常栖于近山平原，潜伏杂草或丛灌间。以谷类和杂草种子为食。在西伯利亚南部及我国东北繁殖；迁徙和越冬时，遍布于我国东部。雄性好斗。肉味美，卵亦可食。

李时珍在其《本草纲目》禽部第四八卷中描述说：

　　鹑性淳，窜伏浅草，无常居而有常匹，随地
　　而安，《庄子》所谓"圣人鹑居"是矣。其行遇小
　　草即旋避之，亦可谓淳矣。

俨然也有仁兽之风，而《鄘风·鹑之奔奔》的作者就拿它"有常匹"的淳美品德讽刺其"兄"（卫宣公庶子顽）和其父之妻宣姜勾搭成奸：

　　鹑之奔奔，
　　鹊之彊彊。
　　人之无良，
　　我以为兄。

　　鹊之彊彊，
　　鹑之奔奔。
　　人之无良，
　　我以为君。

汉郑玄《郑笺》云："奔奔、彊彊，言其居有常匹、飞则相随之貌。"准确地说，奔奔是鹑鹑双双跳行之貌，彊彊是喜鹊双双飞翔之貌。诗以鹑、鹊均有固定的配偶反比顽与宣姜乱伦姘居，"我"恨啊，恨自己不能决定自己的出生，偏偏跟这个"无良"的男人成了兄弟，还得称那个无良的女人为"君"（周代人也称国君夫人为君）！

圣人鹑居，贤人鹑服，《荀子·大略》曰"子夏家贫，衣若县鹑（二字出自《魏风·伐檀》，安徽大学藏战国竹简本写"鹑"作"麏"，麏即獐子；《泽螺居诗经新证》以所悬之鹑为《小雅·四月》"匪鹑"之鹑，即雕——作者按）"，这个妙喻也直接来源于鹑鹑毛斑尾秃的经典形象，为历代诗人所津津乐道，如唐李端《暮春寻终南柳处士》"庞眉一居士，鹑服隐尧时"、宋赵蕃《大雪》"鹑衣百结不蔽膝，恋恋谁怜范叔贫"等等，不一而足。

螓首蛾眉

万物芸芸，各有各的形象与性能，而且每一物又不仅仅只有一种形象、一种性能，这些多样性让谙熟审美的诗人也应接不暇，以至于眼花缭乱。但大家不必担心，会审美就得会取舍，诗人一旦选取某物作为喻体，自然要针对本体的一两种特征来拈出该物与之相近或相似的一两种形象或性能，舍去其余，化繁为简，这样才能方便读者通过联想领会到该喻辞的"情感价值"及寓意。而在领会的过程中，切记不要扭着喻辞的"观感价值"不放。例如《卫风·硕人》第二章：

> 手如柔荑，
> 肤如凝脂，
> 领如蝤蛴，
> 齿如瓠犀，
> 螓首蛾眉。
> 巧笑倩兮，
> 美目盼兮。

再如《小雅·都人士》：

> 彼君子女，
> 卷发如虿。

诗人选用色白体长的蝤蛴比喻美女颈项的白而长，用宽广方正的螓额比喻美女头面的广而方，用细长弯曲的蛾须比喻美女眉毛的细而弯，用修长上翘的虿尾比喻美女鬓发的长而卷（参看故宫博物院藏商代青玉女佩的卷发形象）。如果读者习惯于绘画思维、雕塑思维，追求文字的画面感、立体感，认为其领、其首、其眉、其发等同蝤蛴、螓、蛾、虿之全貌，那还成个什么人样！古人不仅早已明白这个道理，还把这种比喻命名为"分喻"。如《大般涅槃经》卷五《如来性品》第四之二论分喻云："面貌端正如月盛满，白象鲜洁犹如雪山。满月不可即同于面，雪山不可即是白象。"南宋法云编《翻译名义集》卷五第五三篇申言之曰："雪山比象，安责尾牙？满月况面，岂有眉目？"

昆虫纲鞘翅目天牛科的天牛种类很多，最常见的有星天牛、云斑天牛、褐天牛等。成虫大小、形状、颜色因种类而异，一般为长椭圆形，触角较身体长。幼虫黄白色，扁长圆筒形，胸足退化，古称"蝤蛴"。幼虫蛀食桑树、果树等树木的枝干，粪便和啃下木屑从蛀孔排出，由此甚易知道它的存在，故俗称"锯树郎"。诗人不管这些，只取它"内外洁白"（唐苏恭《唐本草》）的一面。螓是蝉的一种，"其形短小，方头广额，体兼彩文，鸣声清婉若'咨咨'

然"（《尔雅》郝懿行义疏。参看北宋沈括《梦溪笔谈》卷二四《杂志》一"蟭蟟之小而绿色者，北人谓之蜨，即《诗》所谓蜨首蛾眉者也，取其顶深且方也。又闽人谓大蝇为胡蜨，亦蜨之类也"），诗人只取它"颡广而方"（《毛传》）的一面。蛾今为鳞翅目异角亚目昆虫的通称，触角形状因种而异，有鞭状、丝状、羽状、栉齿状、纺锤状等，故称异角亚目，以与蝶类的锤角亚目相对。一般在夜间飞行，静止时翅成屋脊状。体躯一般粗大。幼虫体型一致，一般都叫作"毛虫"，有腹足一至四对、肛足一对，多为植食性农业害虫，诗人只取"其触须细长而弯"（高亨《诗经今注》）的一面。虿即蛛形纲钳蝎科之蝎，也称蝎子、钳蝎。体长，头胸部的螯肢和脚须均呈螯状。腹部分前腹和后腹，前腹七节，后腹五节，有一尾刺，内具毒腺，能向前弯曲。栖于干燥地带，白昼伏在碎石、树皮等物下或土穴中，夜出觅食昆虫、蜘蛛和多足纲动物等。诗人只取其"尾末揵然"（汉郑玄《郑笺》）的一面。综上所述，《硕人》《都人士》的创作者皆可谓善于体物取譬（二字出自《大雅·抑》）的合格诗人。

对牛弹琴

郭沫若《甲骨文字研究》称："卜辞牡牝字无定形，牛羊犬豕马鹿均随类赋形，而不尽从牛作。"那么后代又为何固定以"牛"来作为"牡"的偏旁呢？据东汉许慎《说文解字》的意见，"牛为大物，天地之数起于牵牛（二字也见《小雅·大东》——作者按），故从牛"；牵牛所在的星次号为星纪，日、月之行从此算起，周人用来计算岁首，所以物字从牛，牡字亦从牛。王国维《观堂集林·释物》却认为：许说"甚迂曲。古者谓杂帛为'物'，盖由'物'本杂色牛之名，后推之以名杂帛。《诗·小雅》曰：'三十维物，尔牲则具。'传云：'异毛色者三十也。'实则'三十维物'与'三百维群''九十其犉'句法正同，谓杂色牛三十也。由杂色牛之名，因之以名杂帛，更因以名万有不齐之庶物，斯文字引申之通例矣"。外国又传说牛是最初的动物，到被杀而切成碎片之后，所有动物才跟着产生。我则认为，正如唐欧阳询等编《艺文类聚》卷八五引《风俗通义》所说"牛乃耕农之本，百姓所仰，为用最大，国家之为强弱也"，牛在古代的生产、生活中都占据了相当大的比例和分量，所以有心的先民便用一头牛加上牛鞭这样两个抽象画似的符号组成了"牡"字,以之泛指所有的雄性动物:既可指雄禽,如《匏有苦叶》"雉鸣求其牡";也可指公兽,如《硕人》"四牡有骄"。至于特指公牛,方言中倒有个"牤"字,周立波小说《暴风骤雨》谓之"大牤子"(请比较四川话"莽子")。说牛大也对,别的甭提,只看它那大容积的胃,与马、兔、猪等单胃家畜迥异,牛有4个胃室。成年牛胃的容积有100至250升,其中瘤胃约占全胃的80%,网胃占5%,瓣胃占7%,皱胃占8%。

中国自古就产牛,《国语·楚语》曰:"巴浦之犀、犛、兕、象,其可尽乎?"《墨子·公输》也说:"荆有云梦,犀、兕、麋、鹿满之。"犀(犀牛)、犛(牦牛)、兕(圣水牛。详细考证见单育辰《甲骨文所见动物研究》十六《说"兕"》一篇)皆为牛类,三者都以不同词性或字形在《诗经》中出现过,如《卫风·硕人》"齿如瓠犀"、《小雅·出车》"建彼旄矣"、《车攻》"建旐设旄"、《吉日》"殪此大兕"。"旄"与"犛"皆可读作"牦",《鄘风·干旄》陈奂疏:"旄与牦同,《说文》:'牦,犛牛尾也。'"

夏代以来,地方"常贡旄牛尾,为旌旗之饰"(《史记·夏本纪》张守节正义),这种旗也叫旄,上引建旄、设旄即此;殷墟甲骨卜辞显示,祭祀一次用牛羊几十至几百头不等(详参郭沫若《中国古代社会研究》第三篇第一章第二节),《逸周书·世俘解》亦载:"用牛于天、于稷五百有四,用小牲羊、豕于百神水土社二千七百有一。"战国时,人们对牦牛的礼赞更是到了无以复加的程度:"今夫斄牛,

其大若垂天之云。"（《庄子·逍遥游》）

在《诗经》里，牛也常常跟羊联袂出场，就像车与马、鳣与鲔，除了《王风·君子于役》《小雅·无羊》两篇，尚有《楚茨》"絜尔牛羊"、《甫田》"与我牺羊"、《大田》"以其骍黑"（《毛传》："骍，牛也。黑，羊、豕也"）、《周颂·我将》"维羊维牛"、《丝衣》"自羊徂牛"等处，不过这些牛羊业已成了血腥祭祀中的牺牲品，一如《小雅·桑扈》等篇里的"兕觥"（宋范成大《桂海虞衡志·志器》："牛角杯：海旁人截牛角，令平，以饮酒，亦古兕觥遗意"），再光鲜再神圣也是死物，不像《黍苗》《何草不黄》《大雅·生民》《行苇》内那些或驾"车"驰骋、或"率彼旷野"、或"践履"霜雪的兕虎、牛羊，又活泼又自在。

南朝齐梁时僧祐所编《弘明集》卷一载东汉牟融《理惑论》曰：

> 公明仪为牛弹《清角之操》，伏食如故。非牛不闻，不合其耳矣。

育人要因材施教，对牛弹琴首先也要选择牛喜欢的曲子才行，现代科学实验证明牛听了悦耳的音乐之后会分泌出更多的乳汁，裕固族就专门为牲畜们创作了数十种《奶幼畜歌》，显然比《清角之操》更合牛的胃口。

肆 《诗经》里的动物

肃肃鸨行

《郑风·大叔于田》中的"鸨"是"駂"的假借字，指"骊白杂毛"（《毛传》）的马，兹不赘，我们只说说《唐风·鸨羽》里面作为鸟类的鸨：

> 肃肃鸨羽，
> 集于苞栩。
> 王事靡盬，
> 不能艺稷黍。
> 父母何怙？
> 悠悠苍天，
> 曷其有所？

> 肃肃鸨翼，
> 集于苞棘。
> 王事靡盬，
> 不能艺黍稷。
> 父母何食？
> 悠悠苍天，
> 曷其有极。

肃肃鸨行，

集于苞桑。

王事靡盬，

不能艺稻粱。

父母何尝？

悠悠苍天，

曷其有常？

　　鸨属鸟纲鸨科，是一种形似雁而比雁略大的涉禽，又名野雁、独豹。头小，颈长，体长可达1米。羽色主要颈部为淡灰色，背部有黄褐和黑色斑纹，腹面近白色。常群栖草原地带，足强健而善奔驰，不善飞。较普通的种类为大鸨，亦称地鵏。分布于西伯利亚东南部、蒙古及我国内蒙古东北部和东三省西部，冬季迁往华北及朝鲜、日本。肉供食用，体羽可作装饰品。《经典释文》的作者陆德明说它"无后指"，随后朱熹、李时珍辈亦云"无后趾"。朱子又曰"鸨之性不树止"，李氏也踵之而云"性不木止，其飞也肃肃"，不木止即不树止，言鸨不善飞，"肃肃"二字则直接挪自《鸨羽》"肃肃鸨羽"诸句。

　　《诗序》解题道：

　　《鸨羽》，刺时也。（晋）昭公之后，大乱五世，君子下从征役，不得养其父母，而作是诗也。

其实将"君子"改成"民"似乎更贴近诗意一些。常栖于草原地带的、"肥腯多脂"（《本草纲目》）的鸨突然高飞而"集于苞栩""苞棘""苞桑"，绝对是反常的现象。肃肃之声可让我们回想起不善飞的家鸡情急之下作短距离飞行时艰难拍翅的情形，鸨飞上树亦然，这就像"民之性本不便于劳苦，今乃久从征役，而不得耕田以供子职也"（朱熹《诗集传》）。朱子这话也需要修正一下，从诗中"艺稷黍""稻粱"诸语来看，这些"民"是没有失地的农民，他们并不怕劳苦，而是埋怨无休无止地为"王事"服役，不能种粮食来赡养"父母"。

余冠英《诗经选》则更端而讲："鸨的脚上没有后趾，在树上息不稳，所以颤动羽翼，肃肃有声。这里以鸨栖树之苦，比人在劳役中的苦。"好像也有道理，姑且存疑等待鸟类专家来帮忙决断。

凫鹥在沙

　　较真的李时珍为了证明《尸子》"野鸭为凫，家鸭为鹜"的正确性，不但举屈原《离骚》"将与鸡鹜争食乎……若泛泛水中之凫乎"为例，还提出《诗经》"弋凫与雁"一句，反问宋人寇宗奭之流：这些与家鸡家鸭"对言"、与有"野鹅"（清毛奇龄《续诗传鸟名》）之称的雁并列的凫"岂家鸭乎"？不过寇氏所谓"凫、鹜皆鸭也"也不算错，因为凫又名"野鹜"、鹜又名"家凫"，在这些别名中，凫、鹜无疑都成了鸭的同义字。唐王勃《秋日登洪府滕王阁饯别序》云"落霞与孤鹜齐飞"，这个鹜就是野鹜，也就是三国曹植《洛神赋》"体迅飞凫"之凫。

　　凫也叫水鸭，形状似家鸭而小，常成群栖息于湖泽，善游泳，能飞，肉味鲜美。所以，曹植、王勃能在水边看到它们，清姚际恒《诗经通论》解释《郑风·女曰鸡鸣》"将翱将翔，弋凫与雁"，也说"凫、雁宿沙际芦苇中，亦将起而翱翔，是可以弋之之时矣"，而该诗接着就写道：

　　　　弋言加之，
　　　　与之宜之。
　　　　宜言饮酒，

与子偕老。

吃着野鸭喝着酒，直到士女双双白头，这才是世上最浪漫的事啊！

在《小雅·鸳鸯》中，鸳鸯是福禄的象征，在《大雅·凫鹥》中则换成了"凫鹥"：

> 凫鹥在泾，
> 公尸来燕来宁。
> 尔酒既清，
> 尔肴既馨。
> 公尸燕饮，
> 福禄来成。
>
> 凫鹥在沙，
> 公尸来燕来宜。
> 尔酒既多，
> 尔肴既嘉。
> 公尸燕饮，
> 福禄来为。
>
> 凫鹥在渚，
> 公尸来燕来处。
> 尔酒既湑，
> 尔肴伊脯。

公尸燕饮，

福禄来下。

兔鷖在渚，

公尸来燕来宗。

既燕于宗，

福禄攸降。

公尸燕饮，

福禄来崇。

兔鷖在亹，

公尸来止熏熏。

旨酒欣欣，

燔炙芬芬。

公尸燕饮，

无有后艰。

朱熹《诗集传》说此诗是周王"绎而宾尸之乐"。于祭之明日再祭称为"绎祭"，"宾"是宴飨，"尸"是活人充扮所祭的神鬼，属于天子、诸侯之家的称"公尸"。"鷖"是鸥的别名，鸥今为鸥科各种类的通称；有时专指鸥属（Larus）各种。概为水鸟，体型有大小差别。翼长而尖，善于飞翔；趾间具蹼，能游水。体羽多灰、白色，幼鸟或更缀有灰、褐等色斑点；有的种类羽毛还带有黑色部分，大多有冬羽和夏羽的区别。主食鱼类、昆虫和其他水生动物。种类繁多，广布于全球海洋和内陆河川湖泊，我国常见的有海鸥、银鸥、燕鸥等。

"在泾""在沙""在渚""在潨""在亹"（皆泛指水旁之地）云云证明诗人看到的鸥是活动于内陆河川的品种，与《列子·黄帝》所记海鸥不同：

> 海上之人有好沤（通"鸥"，下同——作者按）鸟者，每旦之海上从沤鸟游，沤鸟之至者百住而不止。其父曰："吾闻沤鸟皆从汝游，汝取来，吾玩之。"明日之海上，沤鸟舞而不下也（参看《管锥编·列子张湛注》）。

这个寓言故事让我想起了伯夷、叔齐的遭遇："伯夷、叔齐陜于首阳山，王摩子入山难之曰：'君不食周粟，而隐周山、食周薇，奈何？'二人遂不食薇，经七日，天遣白鹿乳之，得数日，夷、齐私念此鹿肉食之必美。鹿知其意，不复来。二子遂饿而死。"（《列士传》）还想起了美国小说家纳撒尼尔·霍桑（Nathaniel Hawthorne）的妙喻："幸福是一只蝴蝶：你要追逐它的时候，总是在你前面不远的地方；但是如果你悄悄地坐下来，也许会落到你身上"（Happiness is a butterfly, which, when pursued, is always just beyond your grasp, if but which , if you will sit down quietly, may alight upon you. ）。古人希望通过祭祀"公尸"求得"福禄来下"，与取鸥追蝶的行为又有何区别呢？

蝇营

周作人散文《苍蝇》写道:

> 中国古来对于苍蝇似乎没有什么反感。《诗
> 经》里说:"营营青蝇,止于樊。岂弟君子,无
> 信谗言。"又云:"非鸡则鸣,苍蝇之声。"据
> 陆农师说,青蝇善乱色,苍蝇善乱声,所以是这
> 样说法。

昆虫纲双翅目之蝇种类很多,苍蝇疑即绿蝇,青蝇疑即
舍蝇,只是其中的两种。舍蝇在我国最常见而与人类关系最
密切,体长6至7毫米,密生短毛,灰黑色,胸背有斑纹四
条,无金属光泽。口器适于舐吸。复眼大,触角短而具芒。
仅有一对前翅,后翅退化为平衡棒。幼虫白色,无头和足,
称为"蛆",孳生于粪便和垃圾等污物中。生长很快,夏季
约十天即能繁殖一代。

"匪鸡则鸣,苍蝇之声"出自《齐风·鸡鸣》,像是
国君失时晏起不想上朝的托词。《毛传》称"苍蝇之声有
似远鸣之鸡",能乱声到这个地步还真不容易。希腊神话
说曾有位叫默亚的美少女,不过太爱对睡着觉的月神的情

人讲话或唱歌，弄得他不能安息，因此月神发怒将她变成了苍蝇。嗣后这个"多情的小苍蝇"仍旧暗恋着月神的情人，不肯让人家安睡，而且还喜欢搅扰其他年轻人。但在《鸡鸣》里，苍蝇却替鸡背了黑锅。

"营营青蝇"云云则出自《小雅·青蝇》：

> 营营青蝇，
> 止于樊。
> 岂弟君子，
> 无信谗言。
>
> 营营青蝇，
> 止于棘。
> 谗人罔极，
> 交乱四国。
>
> 营营青蝇，
> 止于榛。
> 谗人罔极，
> 构我二人。

与周作人所说刚好相反，此诗正是表达了古人对苍蝇的反感，并拿它的脏秽可恶比喻"谗人"，拿它的"营营"之声比喻"谗言"，劝谏"岂弟君子"（据《诗序》，指周幽王）不要偏听偏信他们。唐朝古文家韩愈《昌黎集》

卷三六《送穷文》"蝇营狗苟，驱去复还"之蝇营即典出于此，而且还补齐了蝇讨人厌的另一面——驱去复还，"止于樊""止于棘""止于榛"诸句仿佛已暗含了这层意思。诗云"谗人罔极"也是这个意思，赶走一批又来一批，弄得贤能如诸葛亮者也只得退求其次，劝当权者"远"之而已（详见三国诸葛亮《前出师表》）。

狼跋

《齐风·鸡鸣》之后是《齐风·还》：

> 子之还兮，
> 遭我乎峱之间兮。
> 并驱从两肩兮，
> 揖我谓我儇兮。

> 子之茂兮，
> 遭我乎峱之道兮。
> 并驱从两牡兮，
> 揖我谓我好兮。

> 子之昌兮，
> 遭我乎峱之阳兮，
> 并驱从两狼兮，
> 揖我谓我臧兮。

从互文见义的角度来看，首章及第二章的"两肩""两牡"即尾章的"两狼"。"兽三岁曰肩"（《毛传》），表示这两头狼的年龄不小，牡则说明它们的性别是公。"并驱从两狼兮"，是讲两个大男人出猎相逢后一起连辔追赶两头大公狼，空了再互拍一番马屁：你说我"好"，我赞你帅。全诗充溢着阳刚之气、健壮之美，这显然也离不开"牡""阳"等字的渲染。据悉南方狼习惯双栖，所谓"双狼"莫非就是？

"风"诗的最后一首名曰《狼跋》：

狼跋其胡，

载疐其尾。

公孙硕肤，

赤舄几几。

狼疐其尾，

载跋其胡。

公孙硕肤，

德音不瑕。

诗用前进要"跋"（踏）着自己的下巴（四川话称颔为"下巴"，古称颔下悬肉为"胡"，相当于四川话"双下巴"）、后退要踩着自己的尾巴的老狼比喻并赞美"硕肤"（心宽体胖）的"公孙"：鞋子真漂亮，名字传远方。

近人考证四川话"洋盘"即"扬跋"之讹，而扬即《大雅·大明》用来形容辅佐武王克商的"维师尚父"（明许仲琳小说《封神演义》谓之"元帅姜尚"）神采

"鹰扬"之扬，跋即"狼跋"之跋。此说有一定见地。今天所谓"洋盘"仍有赞人的褒义在内，而且早已不再局限于"师""公孙"之类的政界人物了。

蟋蟀促织

在河南安阳小屯村出土的三千多年前的殷墟甲骨文里，被专家考释确定的动物名称已达60多个，其中就有蟋蟀。郭沫若《殷契粹编考释》认为象形蟋蟀的那个古字可以假借为秋季之"秋"（"字形实象昆虫之有触角者，即蟋蟀之类，以秋季鸣，其声啾啾然，是借以名其所鸣之节季曰秋"），这与《诗经·七月》"十月蟋蟀入我床下"、《礼记·月令》"秋夏之月，蟋蟀居壁，腐草为萤"都把蟋蟀作为秋天的候虫正相吻合。

俗话说"年怕中秋月怕半"，《唐风·蟋蟀》云"蟋蟀在堂，岁聿其莫（暮的本字——作者按）"，天上月亮圆，地上蟋蟀鸣（参看唐柳宗元《酬娄秀才寓居开元寺早秋月夜病中见寄》诗"壁空残月曙，门掩候虫秋"），一年又快要完了，再不行"乐"就来不及了。古人"以小明大，见一叶而知岁之将暮"（西汉刘安《淮南子·说山》），劝大家"花开堪折直须折，莫待无花空折枝"（唐杜秋娘《金缕衣》），《蟋蟀》的作者目睹"蟋蟀在堂"后也感到了惜时的重要：

蟋蟀在堂，
岁聿其莫。

《诗经》里的动物

今我不乐，
日月其除。
无已大康，
职思其居。
好乐无荒，
良士瞿瞿。

蟋蟀在堂，
岁聿其逝。
今我不乐，
日月其迈。
无已大康，
职思其外。
好乐无荒，
良士蹶蹶。

蟋蟀在堂，
役车其休。
今我不乐，
日月其慆。
无已大康，
职思其忧。
好乐无荒，
良士休休。

蟋蟀是昆虫纲直翅目蟋蟀科昆虫之一。体长约20毫米，黑褐色，触角很长，后腿粗大，擅于跳跃。尾部有尾须一对，雌的（俗称"三尾儿蛐蛐"）两根尾须之间还裸出一个产卵管。雄的（俗称"二尾儿蛐蛐"）因有"隔离习性"而好斗，两翅摩擦能发声。喜欢生活在阴湿的地方，啮食植物茎叶、种实和根部，对农业有害。对懒人却有益，所谓"趋织鸣，懒妇惊"（三国陆玑《毛诗草木鸟兽虫鱼疏》引"里语"。清李宗孔《宋稗类钞》卷五《博识》九引《诗正义》作"络纬鸣，懒妇惊"，又《俪语》二作"促织鸣，懒妇惊"），趋织又作趣织、促织，既是蟋蟀的别名，也是它的功能。就连诗人也被它的叫声惊醒了，并勉励"良士"在"好乐无荒"的同时还要"职思其外"，想想自己的工作是否圆满地告了一个段落。

　　"腐草为萤"是认识错误造成的化生学说，而干宝认为蟋蟀由"朽苇"所化（详见东晋干宝《搜神记》卷十二）也同样荒谬无稽、不值一驳，正如汉无名氏《春秋纬·考异邮》"立秋趣织鸣"跟汉郑玄《易纬·通卦验》"立秋虎始啸"一样，都经不起推敲。

君子豹变

　　哺乳纲猫科之豹似虎而小，体表一般有黑色斑纹。一般喜欢栖息在平原多树的地方，善奔走。力强性暴，时常危害人畜。有的品种毛皮花纹或如金钱，或如艾叶，特别漂亮而引人注目：《周易·革》之《象》曰"君子豹变，其文（纹的本字——作者按）蔚也"，是说君子"润色鸿业，如豹文之蔚缛"（孔颖达疏）；西汉刘向《列女传》卷二《贤明传·陶答子妻》"妾闻南山有玄豹，雾雨七日而不下食者，何也？欲以泽其毛而成文章也，故藏而远害。犬彘不择食以肥其身，坐而须死耳"，是说豹"自惜其毛采"（李时珍语），逢下雾落雨的恶劣天气宁肯挨饿也要潜伏不出；南朝宋刘义庆《世说新语·方正》记载少年王献之旁观成人樗蒲而发议论，被嘲为"管中窥豹，时见一斑"，这个斑也即豹纹。

　　《大雅·韩奕》说"北国"向"韩侯"进贡"赤豹"之皮，证明它不仅亮丽，还很珍贵，难怪贵族们的裁缝要用它来装饰羔裘的袖口，例见《唐风·羔裘》等篇。巴西的巴凯里部落的印第安人在他们儿女的皮肤上画一些黑点和黑圈，使其很像豹皮，因为他们认为豹子是自己部落的始祖。

　　北宋沈括《梦溪笔谈》卷三曰：

诗经名物志

《庄子》云："程生马。"尝观《文字注》："秦人谓豹曰程。"余至延州，人至今谓虎、豹为程，盖言虫也。方言如此，抑亦旧俗也。

北宋王安石《字说》则认为虎、豹等动物皆能"勾物而取、程度而食，故字从勺，又名曰程"（此取李时珍转述之文，兼参宋陆佃《埤雅》卷三"豹"条所引）。我比较倾向于沈说，不过"程度而食"云云倒能与西汉刘向《列女传》之意遥相呼应。李时珍曾引明袁达《禽虫述》云"虎生三子，一为豹"，《增广贤文》亦云"虎生豹儿"，豹应该是"彪"字的音误，宋人周密在《癸辛杂识续集》中引谚云"虎生三子，必有一彪"可以佐证。

鴥彼晨风

《秦风·晨风》（其曲调也许至东汉犹存，《后汉书·杨终传》李贤注引《益部耆旧传》"终自伤被罪充边，乃作《晨风》之诗以舒其愤也"盖谓其依《晨风》旧曲而填《孤愤》新词）首章吟道：

> 鴥彼晨风，
> 郁彼北林。
> 未见君子，
> 忧心钦钦。
> 如何如何，
> 忘我实多。

朱熹解释说：

> 兴也。鴥，疾飞貌。晨风，鹯也。郁，茂盛貌。君子，指其夫也。钦钦，忧而不忘之貌。妇人以夫不在，而言鴥彼晨风则归于郁然之北林矣，故我未见君子而忧心钦钦也，彼君子者如之何而忘我之多乎？此与匽廖之歌同意，盖秦俗也。

那什么是"阒寥之歌"呢？南北朝颜之推《颜氏家训·书证》篇云：

> 古乐府歌《百里奚词》曰："百里奚，五羊皮，忆别时，烹伏雌，吹阒寥，今日富贵忘我为！"吹当作炊煮之炊（《乐府诗集》卷六〇载百里奚妻《琴歌》径作"炊"字——作者按）……然则当时贫困，并以门牡木作炊薪耳。

大约成书于明朝的《女儿经》将其概括为："阒寥烹伏雌，乃是百里妻。"原来，阒寥就是门闩，阒寥之歌就是提到"吹阒寥"的古乐府歌词，唱的是丈夫富贵后成了负心汉、薄情郎，全不念当年贫贱夫妻的糟糠之谊。朱子认为诗人是用晨风入林后不见踪影形容并兴起男人变泰（出人头地）后忘了拙荆的秦国风气。

三国陆玑《毛诗草木鸟兽虫鱼疏》卷下也称："晨风一名鹯，似鹞，青黑色，燕颔，钩喙。"《孟子·离娄》上"为丛驱爵（通"雀"——作者按）者，鹯也"、《左传·文公十八年》"如鹰鹯之逐鸟雀也"亦证明它是猛禽。而余冠英则认为虽然信从"晨风亦名天鸡，雉类"之说的注家"较少，但说到见雉闻雉而思配偶，在《诗经》中例子却较多，如《雄雉》和《匏有苦叶》中都有"。尽管这样也讲得通，但无形中已将君子"忘我"的严重情节减轻了很多，至少是转移了读者对君子忘恩负义的垂注，而只强烈地感到"我"的怀旧与多情。或许这正是诗人所希望达成的效应，亦未可知。

振鹭

鸟纲鹭科部分种类的通称即《陈风·宛丘》之"鹭",俗谓鹭鸶,常见的有白鹭(又名白鸟,而《大雅·灵台》之"白鸟"指鹤)、苍鹭、池鹭、牛背鹭等。体形一般高大而瘦削,喙强直而尖,颈、足皆长,趾具半蹼,适于涉水觅食鱼、蛙、贝类、甲壳类及水生昆虫,常活动于河湖岸边、水田或泽地。

据说陈国巫风盛行,一年四季那跳神的歌舞总是不停不断:

> 子之汤兮,
> 宛丘之上兮。
> 洵有情兮,
> 而无望兮。

> 坎其击鼓,
> 宛丘之下。
> 无冬无夏,
> 值其鹭羽。

坎其击缶，

宛丘之道。

无冬无夏，

值其鹭翿。

　　巫女手执用鹭鸶羽毛做就的扇或伞在鼓点的伴奏之下翩翩起舞，撩动了诗人的暗恋之心："洵有情兮，而无望兮。"巫女是神的代言人，所以诗人自谓对她有情而终不敢抱任何奢望。其实，振羽而舞不仅仅是某一国的巫风，还是各地贵族宴会上的助兴节目，诚如《鲁颂·有駜》所描写的那样：

有駜有駜，

駜彼乘黄。

夙夜在公，

在公明明。

振振鹭，

鹭于下。

鼓咽咽，

醉言舞。

于胥乐兮！

有駜有駜，

駜彼乘牡。

夙夜在公，

在公饮酒。

振振鹭，

鹭于飞。

鼓咽咽，

醉言归。

于胥乐兮！

至于《周颂·振鹭》"振鹭于飞"是不是汉郑玄《郑
笺》所谓在比方宾客"威仪之善"姑且不论，但马瑞辰许是
受了诸如《鹦鸪舞赋》"公乃正色洋洋，若欲飞翔。避席俯
伛，抠衣颔颃。宛修襟而乍疑雌伏，赴繁节而忽若鹰扬"之
类的启示，提出了与之相异的己见，"振鹭于飞盖状振羽之
容与飞无异，于、如古通用，于飞即如飞也"，"亦当指羽
舞言"。如此看来，《诗经》三篇提到鹭皆指其羽，而不是
叙述它在天地间的展翅飞翔。然而韩愈还是信从了郑玄的看
法，他在《答张彻》诗句"渐阶群振鹭"中也以鹭喻人，说
自己入京后渐渐能与群贤为伍了。

鸱鸮

　　头像猫、身似鹰的鸱鸮科鸟类有15种之多，今人统称为"猫头鹰"，古人统称为"鸱鸮"：也可简称为"鸱"，如《大雅·瞻卬》"为枭为鸱"、《庄子·秋水》"鸱得腐鼠"；还可简称为"鸮"，如《陈风·墓门》"有鸮萃止"、《鲁颂·泮水》"翩彼飞鸮"，而枭又是鸮的异体字。它们的共同特征是：头大，颈短，上嘴钩曲，嘴基具蜡膜；两眼大而圆，且不像其他鸟类那样着生在头部两侧，而是着生在头部正面朝向前方；眼的四周羽毛呈放射状，形成所谓"面盘"，周身羽毛大多为褐色，散缀细斑，稠密而松软，飞行时无声；脚强健而且外趾能向后转动，脚爪也锐利。生活习性也与其他鸟类不同，所谓"夜撮蚤、察毫末，昼出瞋目而不见丘山"（《秋水》），它们白天栖息在树上，到了黄昏以后才四处觅食鼠类和大型昆虫，对于消灭害鼠害虫保护农林业生产有功，是值得称赞的农林益鸟。间或也捕食小鸟，《豳风·鸱鸮》就是小鸟妈妈痛失爱子后的哭诉：

　　　　鸱鸮鸱鸮，

　　　　既取我子，

　　　　无毁我室。

　　　　恩斯勤斯，

　　　　鬻子之闵斯。

迨天之未阴雨，

彻彼桑土，

绸缪牖户。

今女下民，

或敢侮予。

予手拮据，

予所将荼，

予所蓄租，

我口卒瘏，

曰予未有室家。

予羽谯谯，

予尾翛翛，

予室翘翘，

风雨所漂摇，

予维音哓哓。

　　未雨绸缪、手拮据、风雨漂（今作"飘"）摇被历代沿用成了熟语，可见这首禽言诗是多么脍炙人口！

　　一切事情皆因鸱鸮夺子而起，一切咏叹皆由呼告鸱鸮而发。无名鸟妈妈哀告叼走了自己的雏儿的鸱鸮不要再毁坏它的栖身之巢，求它怜悯一下自己哺育下一代的勤劳。"哓哓"禽言之中，隐隐然有关于人的本事在焉。儒家经典《尚书·金縢》记载：

武王既丧，管叔及其群弟乃流言于国曰："公将不利于孺子。"周公乃告二公曰："我之弗辟，无以告我先王。"周公居东二年，则罪人斯得。于后公乃为诗以贻王，名之曰《鸱鸮》（二公，指召公奭、太公望。据清华简《金滕》，"二年"乃"三年"之讹）。

《诗序》简括为："《鸱鸮》，周公救乱也。成王未知周公之志，公乃为诗以遗王，名之曰《鸱鸮》焉。"据此，诗中的"我"是周公自道，"鸱鸮"比殷武庚，"我子"之子比管叔、蔡叔，"鬻子"之子比尚是孺子的周成王，"室家"云云比周国，原来是首表面假托鸟的口气暗中为人明志的政治诗啊！

寄蜉蝣于天地

　　《毛传》认为："蜉蝣，渠略也，朝生夕死。"朱熹《诗集传》附和道："蜉蝣，渠略也，似蛣蜣，身狭而长角，黄黑色，朝生暮死。"甚至连名医李时珍也说："蜉蝣一名渠略，似蛣蜣而小，大如指头，身狭而长，有角，黄黑色，甲下有翅能飞。夏月雨后丛生粪土中，朝生暮死。"三者都把状似蚕蛾的水虫视作蛣蜣之一种或形似蛣蜣的金龟科甲虫，这显然是不对的。

　　《庄子·逍遥游》云："朝菌不知晦朔，蟪蛄不知春秋。"古本《淮南子·道应》引菌作秀，高诱注："朝秀，朝生暮死之虫也，生水上，状似蚕蛾，一名孳母，海南谓之虫邪。"罗愿、朱骏声、闻一多等疑朝秀即蜉蝣，其说甚是。

　　蜉蝣的若虫（或稚虫）生活在水中，需 1 至 6 年甚至更久始能发育成熟，所以世界最早的物候学著作《夏小正》写作"浮游"。成虫体软弱，褐绿色；触角短形，刚毛状，不甚明显；有两对半透明的翅，前翅发达，后翅甚小；腹部末端有等于体长的尾须两条，中尾丝或有或无。不完全变态。成虫寿命不长，短的数小时或一二日，长的约一周，一般均朝生暮死。常在日落后大群飞舞，发生盛

诗经名物志

时，坠落地面集成厚层。

北宋苏东坡《前赤壁赋》"寄蜉蝣于天地，渺沧海之一粟，哀吾生之须臾，羡长江之无穷"写的就是当时眼下江上群飞的蜉蝣（同滚滚"长江"水一道跟"一粟""吾生"形成数量上的悬殊对照，更加深了"哀"的程度），由它的朝生暮死联想到了人生的短暂。《曹风·蜉蝣》又何尝不是这样一曲见蜉蝣而叹人生的悲歌呢？

> 蜉蝣之羽，
> 衣裳楚楚。
> 心之忧矣，
> 于我归处。

> 蜉蝣之翼，
> 采采衣服。
> 心之忧矣，
> 于我归息。

> 蜉蝣掘阅，
> 麻衣如雪。
> 心之忧矣，
> 于我归说。

诗把朝不保夕的人比作朝生暮死的蜉蝣，把人华丽的衣服比作蜉蝣的羽翼，为之担忧，为己犯愁：衣有褪色败坏的一天，人难道就没有窒息归土的一日？从这种靡音烂调来揣测，此诗当作于曹国衰乱危险甚至亡在旦夕的时期，作者兴许就是某个不失忧患意识的、衣冠楚楚的曹国贵族。

鹈鹕淘河

鹈鹕，《诗经》称鹈，又音变为犁鹕、淘河、逃河、淘鹅、塘鹅、驼鹤等。没有重视语音演变规律的古人常常牵强附会地解释这些别称的来由，如陆玑说它"遇小泽即以胡盛水，戽涸取鱼食，故曰淘河"，再如刘禹锡说"昔有人窃肉入河，化为此鸟，今犹有肉，因名逃河"。所谓胡指的是鹈鹕下颌底部那个大的皮质喉囊，能伸缩，可用来兜食鱼类，刘氏称之为"颐下有皮袋，容二升物，展缩由之，袋中盛水以养鱼"。

鹈似鹗而甚大，体长可达两米。羽多白色，灰色则如苍鹅。翼大而阔，嘴长一尺有余。四趾间有全蹼相连。性喜群居，主要栖息在沿海湖沼、河川地带。分布于我国的如斑嘴鹈鹕大多在冬季见于长江流域及以南地区，另一亚种卷羽鹈鹕头顶及颈部羽毛卷曲，可资识别。在河北一带为夏候鸟，在江苏、浙江、福建及更南地区为冬候鸟。

据说《曹风·候人》曾栩栩如生地描绘出了鹈鹕高超而轻巧的捕鱼技术：

　　鹈鹕在梁，
　　不濡其翼。

彼其之子，

不称其服。

维鹈在梁，

不濡其味。

彼其之子，

不遂其媾。

　　渔人于江中水浅处四面垒砂石为堰坝，仅开一口，使
向下游之鱼误入其中，以便捕捉，此之谓梁，后称鱼梁、鱼
漕梁等。精明的鹈鹕站守坝上，伸下长味，翅膀一点也未被
沾湿，就捞到了鱼。诗以此比喻大官处于统治高位，不用费
事便轻易夺得劳动人民创造的财富，他们根本不配穿那身朝
服！汉郑玄《郑笺》却认为："鹈在梁，当濡其翼，而不濡
者，非其常也。以喻小人在朝，亦非其常。"后世又以喻用
不正当的手段谋得官位，例如《北史·卢恺传》：

　　恺谏曰："……今神欢出自染工，更无殊
异，徒以家富自通，遂与缙绅并列，实恐鹈翼之刺
闻之外境。"

　　诸如此类，无疑都是受了《诗序》曹共公"远君子而好
近小人"的影响。
　　后人或因《国语·晋语》载有楚成王引此诗事，以为此
当为成王以前之诗，而共公则与成王同时，故疑此篇非共公

诗经名物志

时诗。极端的甚至以为这一首诗表示女子渴望男子的恋爱，里面充满了挑逗与期望的意味。她用鹈鹕来比喻周代整治道路及迎送宾客的小官"候人"：鹈应该下水捕鱼，但它这次却变成了呆鸟，只站在坝上不下水，好比这位不懂事的小官不向她求爱（"媾"）。因此，这位"婉兮娈兮"的"季女"（老处女）便感到如饥似渴了。

《七月》物候历

　　人类在长期的生活体验、生产实践中逐步观察到动物的活动同植物的生长荣枯有着密切的关系，并根据一些动物的季节性现身来掌握农时，进行农牧业生产活动，随着知识的积累，早期的物候历便渐渐形成了。从《夏小正》到各个时代的各种《月令》就是中国物候历的杰出代表，而"衣食为经，月令为纬，草木禽虫为色"（明孙鑛《孙月峰先生批评诗经》。清姚际恒《诗经通论》亦云："鸟语虫鸣，革荣木实，似《月令》"）的民歌"十二月小调"之祖《豳风·七月》一篇却将这类枯燥无味的历书美化成了诗句：

　　　　七月流火，
　　　　九月授衣。
　　　　春日载阳，
　　　　有鸣仓庚。
　　　　……
　　　　七月鸣鵙，
　　　　……
　　　　五月鸣蜩。
　　　　……

诗
经
名
物
志

一之日于貉，

取彼狐狸，

为公子裘。

……

言私其豵，

献豜于公。

五月斯螽动股，

六月莎鸡振羽。

七月在野，

八月在宇，

九月在户，

十月蟋蟀入我床下。

穹窒熏鼠，

……

献羔祭韭。

……

曰杀羔羊。

跻彼公堂，

称彼兕觥，

万寿无疆！

　　鸟、兽、虫、鱼，除了鱼，都在这里露了脸，实的、虚的（兕）、生的、死的、家养的、野生的打成一片，好不热闹！闹首先来自仓庚、伯劳（鵙）、蜩（蝉的一种，在

《大雅·荡》中与背青绿色、头有花冠的"螗"蝉并列）、螽斯、莎鸡（一说即赤翅蝗）、蟋蟀的鸣叫，然后是貉、狐狸、猪（孔颖达疏："一岁曰貆，三岁曰豝"）、羊被宰杀时的号叫，其中还掺杂着老鼠被人驱赶时的惨叫。

有的注家注意到诗中提到"无衣无褐，何以卒岁""女心伤悲""嗟我妇子""嗟我农夫"等句子，不承认《七月》是中国最早的四时田园诗，而是一阕记载农夫遭受剥削的悲歌，描绘了他们一年到头不分昼夜地劳动，但收获都被贵族们（"公子"）享用着，自己却免不了饥寒交迫、连累妻女。看来，农夫及其家人的命运比任人宰割的羔羊强不了多少，甚至更糟，所谓长痛不如短痛、赖活不如好死。

我们谈论物候历，这个物自然包括植物，现在就附带点一点上面引到的"韭"吧。这个韭既然要拿来献给"公堂"上的祖先，应该是高等种子植物才对，即杜甫名句"夜雨剪春韭"之韭菜，而非低等蕨类植物水韭（中国境内分布有四种：中华水韭、云贵水韭、台湾水韭、高寒水韭。参看唐段公路《北户录·水韭》）。

《东山》动物群像

在外行役打工，或者独在异乡为异客，难免会思念故乡或家中的亲人，思亲的同时又设想亲人也在思念自己，这种特殊的"诗人的相对感"在历代文学中都有表现，并不罕见，《魏风·陟岵》可算是较早的一篇，而《豳风·东山》则为较美的一篇。

天下着蒙蒙细雨（"零雨其濛"），"我"在从"东山"回到"西"方的归途上，浮想联翩：

> 蜎蜎者蠋，
> 烝在桑野。
> ……
> 伊威在室，
> 蟏蛸在户。
> 町畽鹿场，
> 熠燿宵行。
> 不可畏也，
> 伊可怀也。
> ……
> 鹳鸣于垤，

妇叹于室。

洒扫穹室,

我征聿至。

……

仓庚于飞,

熠燿其羽。

之子于归,

皇驳其马。

《毛传》曰"蠋,桑虫也",司马彪云"豆藿中大青虫也",朱熹《诗集传》说"蠋,桑虫如蚕者也",段玉裁则认为是"蜻蛚"。《齐诗》《鲁诗》《韩诗》《太平御览》卷五五引《毛诗》蠋均作蜀,蠋实即蜀的后起区别字,两者都指一种似蚕的毒虫(参看《韩非子·说林下》《韩非子·内储说上》"鳣似蛇,蚕似蠋,人见蛇则惊骇,见蠋则毛起"、西汉刘安《淮南子·说林》"今鳣之与蛇、蚕之与蠋状相类,而爱憎异"),或谓之"野蚕"或"山蚕";伊威,属潮虫科,体椭圆形,灰褐色,生活在陆上潮湿处;蟏蛸,一种长脚蜘蛛,头腹俱小,足有六,身体细长,暗褐色,多在室内壁角、户枢间结网;宵行一说也像蚕,喉下有光如萤,一说就是萤火虫;鹳为大型涉禽,形似鹭、鹤,嘴长而直,翼大,尾短,常活动于溪流近旁,以昆虫、鱼、蛙、蛇等为食。

"伊威在室"诸句仿佛是说"风扫地,月点灯","田园将芜,胡不归"?因为家室空荡起了潮,才有伊威、蟏

诗经名物志

蛸，田地荒废长了草，才有鹿、宵行、鹳。"我"想到妻子正在室内思念自己："我那远征的夫啊该到家了。"（妇叹于室："我征聿至。"请参看杜甫《月夜》"闺中只独看"云云及《管锥编·毛诗正义·陟岵》）"我"想到新婚那天黄鸟儿飞、花马儿归，如今久别重逢又将是怎样一番情境呢——"其新孔嘉，其旧如之何"？

《毛传》等说"熠燿"是萤火虫，显然忽视了下文"熠燿其羽"的形容词词性（参看《本草纲目》虫部第四十一卷《萤火》："《豳风》'熠燿宵行'，宵行乃虫名，熠燿，其光也。《诗》注及《本草》皆误以熠燿为萤名矣"）；宋陈骙《文则》批评西晋张华《励志诗》"熠燿宵流"虽变字以协韵，却"不知诗人言'行'有缓飞之意"，不过两人其实均忽视了上文"鹿场"与"宵行"的名词并列关系；明贺贻孙《诗经触义》称"鹳鸣、萤飞，雨候也"（参看宋陆游《剑南诗稿》卷六八《霜降前四日颇寒》"鹳鸣知雨来"、明焦周《焦氏说楛》卷五"范石湖占雨诗"条），则是错上加错，连现实与想象都分不清楚了。

在离乱的年代，这首诗尤易引起时人的共鸣，比如东汉曹操《苦寒行》"悲彼东山诗，悠悠令我哀"、三国曹丕《与吴质书》"岁月易得，别来行复四年；三年不见，《东山》犹叹其远，况乃过之"云云。

《诗经》里的动物

兄弟如脊令

　　脊令即鹡鸰，是鸟纲鹡鸰科鹡鸰属各种的通称。我国常见种如白脸鹡鸰，体长约18厘米。雄鸟上体自头后至腰际均为深黑色，胸部辉黑，翼表黑底缀白斑，其他部分均系白色。尾羽除外侧几近纯白色外，其余大部分黑色，飞时愈加显明，整个身体羽色的黑白相间状态每随季节而异。雌鸟黑色部分较淡，背部常现褐色。冬时见于原野，生殖期迁入山谷。常在水边觅食昆虫，行止时尾羽上下颤动。分布于我国东部及中部。其他亚种甚多，遍布我国各地，多为留鸟或冬候鸟。

　　古人认为鹡鸰"飞且鸣"（西汉东方朔《答客难》），"行则摇，有急难之意"（宋朱熹《诗集传》），而"共母者"永"不相离"（赵殿臣说），所以常拿它来比喻兄弟，近如东晋史学家袁宏《三国名臣序赞》"岂无鹡鸰，固慎名器"、王维《灵云池送从弟》"自叹鹡鸰临水别"，远如《小雅·小宛》：

　　　　题彼脊令，
　　　　载飞载鸣。
　　　　我日斯迈，

而月斯征。

夙兴夜寐，

无忝尔所生。

又如《小雅·常棣》：

脊令在原，

兄弟急难。

每有良朋，

况也永叹。

急难之时，方显手足情深。《三国演义》说"妻子如衣服"，而平时所谓好朋友见难却不救，唯有一声叹息，连衣服都不如啊！

汉郑玄《郑笺》认为鹡鸰本是"水鸟，而今在原，失其常处，则飞则鸣，求其类，天性也，犹兄弟之于急难"。唐人往往截取"令原"二字入诗，如杜甫《赠韦左丞丈》"鸰原荒宿草"、孙逖《故陈州刺史赠兵部尚书韦公挽词》"相府是鸰原"等等，只指代兄弟，并不提兄弟间的患难救急；李峤《原》"方知急难响，长在脊令篇"倒是点明了"急难"，然而却是在咏原野。用《诗经》语而不拘泥于《诗经》意，这就是中国诗人的活学活用。

炰鳖

　　殷周之际,猃狁(玁狁)一族主要分布在今陕西、甘肃北境及内蒙古自治区西部,从事游牧。公元前八世纪,周宣王迭次出兵防御猃狁的进袭入侵,并在朔方筑建城垒,即《小雅·出车》所谓"城彼朔方"。《小雅·六月》则用诗记载了这一段历史的另一个片段:某年季夏,文武双全、智勇足备的南燕人尹吉甫(《诗经》的作者之一)奉宣王之命率兵北伐猃狁,最后凯旋,又接受赏赐(许也包括下文之"鲤",周金文如《子中鬲》即有赏"鱼"的先例),又举行家宴:

> 吉甫燕喜,
> 既多受祉。
> 来归自镐,
> 我行永久。
> 饮御诸友,
> 炰鳖脍鲤。
> 侯谁在矣,
> 张仲孝友。

诗经名物志

方玉润认为张仲就是诗作者兼献诗者，这似乎大有商榷的余地。"张仲孝友"一句主要是为了照应前文的"饮御诸友"，举其一以包其他，就像盛筵之上饮食林林总总，诗人只列出"炰鳖脍鲤"两种一样。《大雅·韩奕》第三章仿此：

> 韩侯出祖，
> 出宿于屠。
> 显父饯之，
> 清酒百壶。
> 其肴维何？
> 炰鳖鲜鱼。
> 其蔌维何？
> 维笋及蒲。
> 其赠维何？
> 乘马路车。
> 笾豆有且，
> 侯氏燕胥。

韩侯入朝觐见宣王，也得到了厚重的赏赐，准备起身回国之时，衮衮诸侯均为他饯行，诗人举出"显父"一人以例其余，酒肴虽然丰美，却只提到鳖、鱼、笋、蒲四种而已。

鳖亦称甲鱼、团鱼，爬行纲鳖科动物。体扁圆，背部隆起。吻突尖长，约与眼径等长。体表无角板，覆以柔软革质皮肤。头部淡青灰色，散有黑点。喉部色淡，或有蠕虫状纹，或暗色而有黄点。背甲（有软皮）长达24厘米，宽达16厘米，通常橄榄色，边缘有厚实的裙边；腹面乳白色。趾间有发达的蹼，内侧三趾具爪。生活于淡水河湖、池沼中，捕食鱼、虾、螺等。肉鲜美，营养丰富。陆玑说，齐、鲁一带曾把"蕨"叫作"鳖"（参看清何东铭《邛嶲野录》卷十四："蕨。《府志》：蕨笋，西昌产。《会理州志》：州产。按：一名蕨鳖，初生无叶，状如雀足之拳，又如人足之蹶，又如鳖脚，故名。但此菜俱大山中野生，非人家园圃所种植者。迷易所产"），则另当别论。

"炰鳖"这一词组让我想到了《十翼·说卦》"离为火……为鳖"，鳖性热，再以火炰，真乃壮阳佳肴也。李时珍则有一套药膳式的烹饪方法：

> 宜取沙河小鳖，斩头去血，以桑灰汤煮熟，去骨甲，换水再煮，入葱、酱作羹膳食乃良。其胆味辣，破入汤中，可代椒而辟腥气。

回过头去看屈原《招魂》所谓"胹鳖"，其实也是煮的鳖，而且应该没有李氏的那么复杂。

隼飞戾天

同样是猛禽，诗人一会儿拿它比淑女的佳偶，如《关雎》；一会儿拿它比夺子的暴君，如《鸱鸮》；一会儿又拿它比辅国的良将，如《小雅·采芑》。古代诗人虽然没能提出"喻有多边"的理论，却早已熟稔地实践了它，而且还是那么地成功，如盐入水，不露痕迹。

鴥彼飞隼，

其飞戾天，

亦集爰止。

方叔莅止，

其车三千，

师干之试。

方叔率止，

钲人伐鼓，

陈师鞠旅。

显允方叔，

伐鼓渊渊，

振旅阗阗。

《诗经》里的动物

隼是鸟纲隼科各种类的通称，在我国有小隼、游隼、燕隼、红隼、红脚隼、灰背隼等，飞行速度居鸟类之冠，性敏锐，善袭击，猎人多饲养之，以辅助自己捕捉鸟、兔。诗人则用群隼来形容方叔及其麾下的精兵，是再恰切不过的了。

《说文解字·鸟部》曰："鴥，鷸飞貌。从鸟，穴声。《诗》曰'鴥彼晨风'。"看来许慎只记得《秦风》里有一句"鴥彼晨风"，却忘了《小雅》中还有两句"鴥彼飞隼"，鴥显然可以形容多种鸟类，何止区区一鷸呢？《毛传》则比较理智而中肯："鴥，疾飞貌。"

另一处写"鴥彼飞隼"的是《沔水》篇，该诗似作于东周初年。平王东迁以后，朝廷衰弱，诸侯不再拥君护国，镐京一带危机四伏。诗人以隼的"载飞载止"形容人的"载起载行"、坐卧不安，并劝告"兄弟""邦人""诸友"要谨慎小心，提防"讹言"。这又是隼喻的另一边了。

鹤鸣九皋

　　《诗经》不愧是经典，吟唱、阅读之余，还可以拿来做正经的学问，如许慎将《小雅·鹤鸣》"鹤鸣九皋，声闻于天"照搬进《说文解字》，"鸣九皋，声闻于天"就成了"鹤"的释义；也可以拿来做诙谐的游戏，如《三国志·蜀书》八、常璩《华阳国志·刘后主志》记，为了答复东吴名士张温的问难，"英辨博通"的秦宓竟引用"鹤鸣九皋，声闻于天"作为天有耳朵、有听觉的证据（此为先秦外交赋《诗》之遗风）。

　　更加正经的朱熹甚至量化了鹤的鸣声所能达到的远度："闻八、九里。"虽然它的鸣声响亮，但绝对传不到那么远，"声闻于天"云云不过是夸张罢了。鹤的颈项长，所以气管也长。气管又在胸腔里蟠屈了几转，增加了长度，像喇叭的管子一样，加强了共鸣效果，故而其叫声就显得格外嘹亮。王充《论衡·艺增》认为诗"言鹤鸣九折之泽，声犹闻于天，以喻君子修德穷僻，名犹达朝廷也"，真能牵强附会！而美国环境伦理的播种者李奥帕德（Aldo Leopold）就识趣得多了，他说："当我们听到鹤的呼叫时，我们听到的不只是鸟叫声；它是我们无法驾驭的过去的象征，是那不可思议的漫漫时间长流的象征。"

鹤的长喙、长胫和长颈一样，都是生活环境与取食习性所造成的。鹤一般栖息在沼泽地带，为捕鱼虾必须涉水、"食于水，故喙长"（旧题浮丘公等撰《相鹤经》）、胫长。"鹤胫虽长，断之则悲"（《庄子·骈拇》），因为这样就破坏了它身体的平衡与匀称，违背了物种进化的自然规律。

中国最早的园艺专著、清陈淏子所作《花镜》讲畜鹤之地"须近竹木池沼，方能存久"，这也是为了模拟野外生态以适应鹤的生活习性。纯粹的风景诗《鹤鸣》就描写了这样一个人工乐园：鹤鸣，鱼潜，檀树叶片落满一地，"他山之石，可以攻玉"（参看《大雅·灵台》第二章）。

清王夫之《姜斋诗话》卷下大谈什么"《小雅·鹤鸣》之诗全用比体，不道破一句，三百篇中创调也。要以俯仰物理而咏叹之，用见理随物显，唯人所感，皆可类通，初非有所指斥一人一事，不敢明言而姑为隐语也"并不妥当，不过这首诗的确是《诗经》中的创调，只因它全用赋体，从头到尾直陈其景不譬喻，意义最为明白无隐。至于以鹤喻君子、以他山之石指朋友都是后人的引申，已然不是原作的精神了，就像宋欧阳修《醉翁亭记》的"水落而石出"、宋苏轼《后赤壁赋》的"水落石出"本是写冬景，而我们却用来比喻事情的真相大白一样。

《斯干》的飞动

古代汉语所谓飞动可以是"飞潜之物"（清刘献廷《广阳杂记》卷三）、"动活之物"（北宋文莹《玉壶清话》卷五）或"动物"（《周礼·地官·大司徒》）的意思，如小道藏《云笈七签》卷一一七《文铢台二僧击救苦天尊像验》"飞动"云云。《小雅·斯干》记录了某处宫室的落成：

> 风雨攸除，
> 鸟鼠攸去，
> 君子攸芋。
> 如跂斯翼，
> 如矢斯棘，
> 如鸟斯革，
> 如翚斯飞，

飞的是鸟，动的是鼠；人"筑室"，鸟兽散。然后诗再用四个"如"字句合成一组博喻，形容建筑极富动感，大有檐飞壁走之势。作为喻体的"鸟"与"翚"此时只活动在诗人的想象之中，就像下文的熊、蛇等动物只存活于梦里一样吉梦维何？

维熊维罴，

维虺维蛇。

大人占之，

维熊维罴，

男子之祥；

维虺维蛇，

女子之祥。

　　家族和乐（详见诗的前两章），又安寝在这样堂皇舒适的"楹"下"簟"上，当然会做出"吉梦"来咯。这些梦之所以吉祥，是因为梦境内出现了能预兆生男生女的象征物：熊、罴、虺、蛇。

　　熊是哺乳纲动物，头大，尾短，四肢粗短，脚掌大，能直立行走，也能爬树，吃花朵、果实、昆虫、鱼、鸟和较大的动物（如鹿、海豹、海象、鲸）等，要冬眠。罴则是熊的一种，俗称人熊或马熊，毛通常呈褐色，也是爬树游泳的高手，《小雅·大东》以及《尚书·牧誓》亦用它和熊来赞美壮男，绝对没有掺杂今人所谓憨、笨等偏见。而虺是爬行类动物蛇的一种。所有的蛇都会捕食其他动物，但是蛇也会被其他动物猎捕，尤其是猛禽。蛇用不同的方法来避免敌方的攻击，或发出警告声，或吐出毒液，或借由改变体色来做伪装，有的甚至仰躺着装死。

鸟、鼠、犀、熊、罴借肌肉活动产生所需的热，并靠皮肤、毛、发的保护以及神经系统的调节维持恒定的体温，是"内源热动物"；虺、蛇体内仅产生少量的热，并且由于没有完善的保温构造和调节能力，热很容易散失，需要从外界获得必需的热，譬如晒太阳、在温热的石块上取暖等，是"外源热动物"或"变温动物"。有人用"冷血动物"与"热血动物"来区分鸟纲、哺乳纲与鱼纲、两栖纲、爬行纲动物，是不恰当、不准确的。

诗用蛇来象征女子是不是有点怪诞呢？其实不然，世界各地言及人类始祖无不牵涉蛇，如三皇之一的女娲就是蛇躯，古代克里特奉蛇为地母，而罗马曾拿蛇指称女人，成语"蛇蝎心肠"比喻妇人之心也应该不是无本无原的。

蜴与鼍

　　不管是野生的还是家养的，很多鸟兽虫鱼都曾冠有"某龙"或"某某龙"的别名，除前面提及的马、鲤、羊、鹿、狗、猪、虎、牛、蛇等动物外，还有就是《小雅·正月》之"蜴"与《大雅·灵台》之"鼍"。

　　蜴即爬行纲有鳞亚纲蜥蜴目之蜥蜴，亦称泉龙、山龙子、石龙子、猪婆蛇等。体表被角质鳞，有些种类在鳞下还有小骨板。一般体分头、颈、躯干、尾四部分。多具四肢；也有只具前趾或后肢，或前后肢全缺的。趾末端均具爪。齿细小。舌的形状、长短随种类而异。有些种类除具普通眼外，更有颅顶眼。眼睑多能活动，鼓膜很发达，左右下颌骨以骨缝相接，有胸骨和肢带，这些都是与蛇目动物不同之点。多分布于热带和亚热带。生活于平原、山地、树上、水中等处，以昆虫、蜘蛛、蠕虫等为食，少数种类兼食植物。一般为卵生，少数为卵胎生。朱熹《小学·嘉言》"亲贤如就芝兰，避恶如畏蛇蝎"以蛇和蝎子比喻狠毒的人，《小雅·正月》"哀今之人，胡为虺蜴"则取虺和蜥蜴比喻之，异曲而同工，因为对脆弱的好人而言，蛇（虺）、蝎、蜴都是可怕的毒虫。

　　鼍亦称鼍龙、土龙、猪婆龙、母猪龙，实即爬行纲鼍科之扬子鳄。形似蜥蜴，长2米余，背面的角质鳞有六横列。上颌每侧有齿18枚，下颌每侧19枚。背部暗褐色，具黄斑和黄条；腹面灰色，有黄灰色小斑和横条。尾部有灰黑相间的环纹。前肢五趾，无蹼；后肢四趾，具蹼。穴居江河岸边和湖沼底部，力大，贪睡，冬日蛰居穴中。既为我国特产动物，也是中国龙的原型的主要候选对象之一。

皮可张鼓，如《灵台》"鼍鼓逢逢"即是。1935年，河南安阳侯家庄西北冈殷代王室墓地就出土了"一鼍鼓，鼓腔上有饕餮纹绘，面有鼍皮，隐约可辨，而本身已化为泥土"（董作宾《甲骨学六十年》），因为鼓腔原是木制的。现藏日本京都泉屋博古馆的"双鸟鼍鼓"相传也出土于安阳，鼓面则用青铜铸成，饰鳄皮纹。观摩实物，显而易见这铜鼓就是对鼍皮木鼓的仿制。既然殷商之际已有木质、铜质两种鼍鼓，那么周文王时的诗歌《灵台》里的"鼍鼓"也可能是木鼓，也可能是铜鼓。据说鼍之鸣声如鼓声逢逢，兴许这就是古人要用其皮来张鼓（或在鼓面上铸鼍皮纹）的主要原因吧。

鼍不仅以鱼、虾、蚌、蛙、小鸟及鼠类为食，而且还爱吞食石块。为了寻找石块，往往要跑很远的路程。原来它吃东西时只能撕碎吞食，牙齿没有咀嚼的功能，胃部的消化功能又很弱，所以它和鸡吞食碎石、沙粒一样，必须靠吃石块来帮助磨碎骨头与甲壳之类的硬性食物。它的胃肌收缩非常有力，与石头配合就像搅拌机一样能很快把动物硬壳和骨头磨碎。不啻如此，鼍体内的这些石块还能增加它的体重，使其能在水底静卧或稳妥地行动，连急流巨浪也无法将它冲走，更有助于鼋潜水和在水下拖动庞大的捕获对象。科学家研究发现：鼋无论大小，胃中石块的重量总跟体重保持一定的比例；凡是胃里存有大石块的鼋，其潜水能力大大超过胃里没有大石块的同类。

螟蛉子

对于螟蛉与蜾蠃的问题，自《诗经·小雅·小宛》提出"螟蛉有子，蜾蠃负之"这一自然现象以后，中国古代学术界就展开了长期的争论。公元502年，陶弘景首次以他精细的观察揭示了蜾蠃捕捉螟蛉作俘虏，封存在它所营的巢穴内备作子代的食粮，有力地批驳了螟蛉因教祝变为蜾蠃的化生学说。嗣后陆续经过十多个学者反复的观察研究，直到1692年才彻底揭示了这个自然现象的全部秘密。

南北朝齐梁时期的道教思想家、医学家陶弘景不仅仅是著名的"山中宰相"，而且还是个好学深思的合格读者。有一天，他读到《小宛》"螟蛉有子，蜾蠃负之。教诲尔子，式穀似之"诸句，迷惑不解，便查阅了诸如西汉扬雄《法言》、东汉郑玄《郑笺》、东汉许慎《说文解字》、三国陆玑《毛诗草木鸟兽虫鱼疏》、西晋张华《博物志》、东晋郭璞《尔雅注疏》、东晋干宝《搜神记》之类的众多名著古籍，全都是一样的说法：蜾蠃（即昆虫纲胡蜂科之蜾蠃蜂，"这种蜂雄的比雌的小得多。母蜂能用神秘的方法辨别孵化出来的幼虫是雄的还是雌的，并且据此相应地分配食品的数量；它并不去改变捕获物的大小和种类，只给雄卵储存五条尺蠖，给雌卵储存十条"——托比亚斯·丹齐克（Tobias Dantzig）《数，科学的语言》第一章"指印"）只有雄的，没有雌的，它飞到别处把螟蛉（泛指稻螟蛉、棉蛉虫、菜粉蝶等多种鳞翅目昆虫的幼虫）衔回窝里（衔之前，必先以产卵管刺入螟蛉体内注射蜂毒使其麻痹才行），祈祝道："类我！"果然，螟蛉就变成了蜾蠃的儿子。人们都相信这个荒唐的传说（《庄子·天运》孔子曰"细要者化"亦是，连晚于陶氏的李含光、陆佃、苏颂、朱公迁等学者仍旧盲目拥护此说），还把领养的子女叫作"螟蛉子"（如清曾燠《听秋轩诗序》"伤伯道之无儿，空占乌鹊；谓中郎其有女，又是螟蛉"），陶弘景对此却表示怀疑。

于是，他抛开书卷，开始实地调研。他找到一窝蜾蠃，聚精会神地观察，发觉它们有雄也有雌，还成双成对、并进并出。窝里不仅有蜾蠃衔来的螟蛉，还有一条条小肉虫。翌日，他又去看，见一条小肉虫正在吃螟蛉。过了两天，发现螟蛉已全被吃完，肉虫都变成了蛹。再过两天，蛹化作小蜾蠃飞跑了。原来，蜾蠃也有自己的下一代，螟蛉只是被衔到窝中给幼虫当食物的，根本不存在"螟蛉义子"这回事儿。千年公案，一朝定谳，这绝对离不开陶弘景"一事不知，以为深耻"（《南史》本传）的倔劲犟脾气。他曾表白"与为顽仙，宁为才鬼"（明李维桢《昌谷诗解序》，语本陶弘景《与梁武帝论书启》二："每以为得作才鬼，亦当胜于顽仙"），我觉得他做到了，可谓名至而实归！

1919年孙中山出版《孙文学说》（卷一"知易行

难"）一书，1925年鲁迅发表《春末闲谈》一文，1936年周作人写作《螟蛉与萤火》一文，1946年周建人发表《螟蛉虫》一文，都对这个公案进行了回顾和阐发，尤其是孙文，竟然能从现代医学和哲学的高度去俯察这个小虫，相对陶弘景等古人而言，无疑是青出于蓝而胜于蓝了。

交交桑扈

　　《左传·昭公十七年》的官名除用了五鸟（凤鸟、玄鸟、伯赵、青鸟、丹鸟）、五鸠、五雉以外，还有九扈。据《尔雅》可知，它们分别是：春扈鳻鶞、夏扈窃玄、秋扈窃蓝、冬扈窃黄、桑扈窃脂、棘扈窃丹、行扈唶唶、宵扈啧啧、老扈鷃鷃。少皞分别用它们来命名"九农正"，也就是九个管农事的官员，希望他们能够"扈（制止——作者按）民无淫（懒惰荒淫——作者按）"、督促人们按时耕种。大杜鹃或被叫作催耕鸟、催工雀，九扈与之近似，也是农桑候鸟，诚如唐刘肃《大唐新语·极谏》所谓："方今九扈时忙，三农并作，田夫拥耒，蚕妇持桑。"

　　桑扈又叫青雀，一作桑鳸，鳸是扈的后起区别字。"桑鳸乃鳸之在桑间者，其觜或淡白如脂，或凝黄如蜡，故古名窃脂、俗名蜡觜。浅色曰窃，陆玑谓其好盗食脂肉，殆不然也。"如此这般，李时珍就为桑扈翻了案、平了反。从《小宛》"交交桑扈，率场啄粟"来看，它应该是个素食主义者。

　　到了《小雅·桑扈》里面，它俨然又成了凤鸟一样的祥瑞、白鸽一样的天使：

交交桑扈，

有莺其羽。

君子乐胥，

受王之祜。

交交桑扈，

有莺其领。

君子乐胥，

万邦之屏。

　　君子指周王朝的执政者，他大宴诸侯，诸侯便赋此诗赞美、祝福他。"君子"托上天的福胜任愉快地成了万国的屏障，就像有着莺鸟一样漂亮羽毛的桑扈在二四月的桑间"交交"地欢叫着（参看明何楷《诗经世本古义》的相关阐释）。

《诗经》里的动物

匪雕匪鸢

鸟、鱼连言是《诗经》中的常式之一，如《小雅·四月》"匪鹑匪鸢"与"匪鳣匪鲔"、《大雅·旱麓》"鸢飞戾天，鱼跃于渊"等等。有人认为这些是"龙飞凤舞""龙凤呈祥"的雏形，我觉得不妥且错。鱼游于水，鸟傅于天，一上一下，概括了天地间万千动物，毛泽东《沁园春·长沙》词"鹰击长空，鱼翔浅底，万类霜天竞自由"所谓万类是矣。

鹑是个多音字：一音淳，就是鹌鹑；一音笋，就是隼；一音团，就是雕。《四月》中的"鹑"亦即鸟纲鹰科之雕，身体大，上嘴呈钩状，足所被羽毛直达趾间，雌雄同色。性贪残，捕食鸟兽。

鸢也是鹰科猛禽，俗称老鹰。体长约65厘米，上体暗褐杂棕白色。耳羽黑褐色，故又名黑耳鸢。下体大部分为灰棕色带黑褐色纵纹。翼下具白斑，尾叉状，翱翔时最易识别。巢多营在高树上，主食啮齿动物，偶尔袭击家禽，所以民间有"老鹰捉小鸡"的儿童游戏。

科学家发现，鹰眼的视网膜上有两个被称作"中央凹"的灵敏结构，中央凹上的光感受器的密度高达每平方毫米100万个，而人只有14.7万个。感受光的细胞越多，分辨物体的灵敏度也就越高。先用双眼低分辨率、宽视野的部分来搜索猎物，再用高分辨率、窄视野的部分来锁定目标并进行仔细的观察，然后蓦然俯冲而下伸开利爪掠之而去，这是雕、鸢之类鹰科动物的拿手好戏。

螟贼

　　我国的农业生产已有六七千年甚至更长的历史（专家在位于广西桂林、距今11000年前的甑皮岩遗址浮选结果中发现了一定数量的炭化块茎类植物遗存），劳动人民自古以来就与害虫进行着不懈的斗争。《礼记·郊特牲》记录了神农时代的一首"蜡辞"，内中反复呼告"昆虫毋作"，指的就是农作物的众多天敌。《诗经》时代人们对害虫的认识已经具体化了，《小雅·大田》就曾举出了其中危害性最大的四种：

　　　　去其螟螣，
　　　　及其蟊贼。
　　　　无害我田稚！
　　　　田祖有神，
　　　　秉畀炎火。

　　《毛传》解释说："食心曰螟，食叶曰螣，食根曰蟊，食节曰贼。"从当时北方的栽培制度来看，所谓螟可能是指生活在高粱、粟、麻、甘蔗茎秆内的粟灰螟或高粱条螟，专吃农作物的髓部；螣读若蟘，主要吃谷苗

（"稗"）之叶；吃苗根苗节的"蟊贼"常常并称，如《大雅·桑柔》"降此蟊贼，稼穑卒痒"、《瞻卬》"蟊贼蟊疾，靡有夷届"。此外，其又是小人坏蛋的代名词，如《召旻》"蟊贼内讧"。后来许慎认为官吏如果作奸犯科，田间就会出现"蟘螣"（详见《说文解字·虫部》。参看西汉陆贾《新语·明诫》"恶政流于民，则虫灾生于地"、唐段成式《酉阳杂俎·虫篇》"旧言虫食谷者，部吏所致，侵渔百姓则虫食谷。虫身黑头赤，武吏也；头黑身赤，儒吏也"），也下意识地把害虫拟人化了。

由于虫害在一定程度上不像除"稂""莠"之类杂草那样可以完全由人力加以控制，所以先民祈求农神"田祖"协助自己利用害虫的趋光性来进行篝火诱杀，诗人惜墨如金，只将其概括为"秉畀炎火"四字，更详细的说明则见于《旧唐书·姚崇传》：

> 蝗既解飞，夜必赴火，夜中设火，火边掘坑（南非一原始民族Bushmen为了捕捉蝗虫也挖掘又深又长的壕沟——作者按），且焚且瘗，除之可尽。

有人将螣训为蝗，恐怕也不无根据。

雄者为鸳雌为鸯

"有鸟有鸟毛羽黄，雄者为鸳雌为鸯"（元稹诗句），用鸳鸯来比喻情侣或夫妇应该是从汉乐府民歌《孔雀东南飞》"中有双飞鸟，自名为鸳鸯。仰头相向鸣"云云滥觞的，而不是《诗经》，《诗经》用的是"雎鸠"。

鸳鸯属鸭科，形体似野鸭而较小。雄鸟羽色绚丽，头后有铜赤、辉紫、白等颜色组成的羽冠，眼外围有黄白色环，翅上有一对栗黄色帆状直立羽。嘴棕红，跗跖黄褐色，蹼黑色。雌鸟稍小，头、背均为苍褐色，腹部纯白色，嘴灰黑，无冠羽和帆羽。善游泳，飞行能力强。古人认为鸳鸯平时成对生活而不分，"止则相耦，飞则为双"（汉郑玄《郑笺》），失偶而不配，是忠贞至死不渝的"匹鸟"。其实，鸳鸯只在繁殖期间雌雄配对、形影不离。一旦交配完毕，雄鸟就离雌鸟而去，以后的孵卵育雏全由雌鸟来承担。研究人员曾做过实验，将成对鸳鸯捉走一只，另一只也会另觅新的性对象。

与《桑扈》性质相近的《小雅·鸳鸯》说：

> 鸳鸯于飞，
> 毕之罗之。

诗经名物志

君子万年，

福禄宜之。

本诗第一章赞美的并非爱情，鸳鸯双双落网只象征着福禄双至。第二章又写道：

鸳鸯在梁，

戢其左翼。

君子万年，

宜其遐福。

鸳鸯将嘴巴插进左翼在鱼梁上睡着安稳觉，有着"遐福"的君子自然也能高枕而无忧。这个鸳鸯与《白华》之鸳鸯都偏指雄鸟，前者比喻最高统治者，后者比喻"二三其德"的"无良"男子只顾自己睡大觉而不管"我心"焦愁不安。

猱升木

《小雅·角弓》里有一句"毋教猱升木"，猱是什么动物呢？翻查《说文解字·犬部》，有"猩""猴"，就是没有"猱"，又求助于《本草纲目》兽部第五一卷，才知道"猱古文作夒"，《说文解字》将其作为"猴"字的释义。因其产于西戎之地而"毛长柔如绒（岑仲勉1947年发表《汉族一部分西来之初步考证》云"今西疆突厥语呼羊毛为yung"，正与"绒"音相当——作者按）"，可以垫座位、做衣服，所以又叫作"狨"。清刘献廷《广阳杂记》卷三转述"子腾"之言曰：

> 四川多狨，食猴者也。鼻孔反上向天，见云起，闻雷声，即趋避隐处，取树叶以覆其鼻；少雨滴入，辄死矣（参看高罗佩著、施晔译《长臂猿考》P37—38）。

如果此话当真，它也太敏感、太脆弱了。明人又"呼长毛狗为猱"，也是因为它长得像狨。狨"其状大小类猿（《毛传》"猱，猨属"，猨即猿的异体字——作者按），长尾作金色，俗名金线狨。轻捷善缘木"，即《角弓》所谓

"升木"。

在明人刘元卿《贤奕编》中，猱比"狐假虎威"之狐更加狡猾、更加残忍：

> 有猱小而善缘利爪。虎首痒，辄使猱爬搔之；不休，成穴，虎殊快不觉也。猱徐取其脑啖之，而汰其余以奉虎，曰："余偶有所获腥，不敢私，以献左右。"虎曰："忠哉猱也！爱我而忘其口腹。"啖已，又弗觉也。久而虎脑空痛发，迹猱，猱则已走避高木，虎跳踉大吼，乃死。

听说满汉全席中有一道"生吃猴脑"菜，算是人帮虎报了仇。相形之下，《角弓》以猱比喻小民、百姓（"小人"）要算中性偏褒了。"小人"跟随"有徽猷"的"君子"是自然而然、理所当然的事，就像会爬树是猱的本性，无须谁去教它。

鹙占鹤梁

据《诗序》、明冯梦龙《东周列国志》等材料，周幽王得到绝代佳人褒姒之后，两人"自此坐则叠股，立则并肩，饮则交杯，食则同器"。幽王不但连日不上朝，而且还黜了申后、废了太子宜臼。于是，宜臼作出《小弁》诗，申后作出《白华》诗，以抒发自己怨恨不平的情绪。

《小雅·白华》第六章云：

> 有鹙在梁，
> 有鹤在林。
> 维彼硕人，
> 实劳我心。

鹙是一种凶猛贪残的水鸟，食鱼、蛇、鸟雏、蝗虫等。状似野鹜而大，青苍色。"胫有长嗉，可贮数斗物"（清李宗孔《宋稗类钞·鸟兽》），张翼广五六尺，举头高六七尺。长颈赤目，头、项皆无毛，所以又叫秃鹙。其顶皮方二寸许，红色，如鹤之丹顶。嘴扁直，深黄色。足如鸡爪，黑色。此处用以喻褒姒，而拿鹤自比，鹤本应"在梁"食鱼（与"硕人"——幽王——过夫妻生活），却被疏远"在林"，怎不劳心（今北方话"闹心"或即此之音转）呢？

肇允桃虫

《周颂·小毖》写周成王姬诵惩前毖后，警戒莫要自寻苦恼，应当防患于微渐：

> 肇允彼桃虫，
> 拼飞维鸟。

清林伯桐《毛诗识小》诠释道：

> 盖谓恶之始萌甚小，似桃虫耳，不能慎之于小，则积恶至大，如桃虫之终为大鸟耳。

此处桃虫应该指的是桃虫之雏。

唐陈藏器《本草拾遗》云："《尔雅》云：桃虫，鹪。注云：桃雀也，俗呼为巧妇鸟也。"桃虫一名桃雀、黄雀，即鸟纲鹪鹩科之鹪鹩。形小，体长约10厘米。头部淡棕色，有黄色眉纹。上体连尾带栗棕色，布满黑色细斑，两翼的覆羽尖端色白。常活动于低矮、阴湿的灌木丛中，觅食昆虫。"鹪鹩巢于深林不过一枝"（《庄子·逍遥游》），窠以细枝、草叶、苔藓、羽毛等交织而成，呈圆屋顶状，于一侧开孔出入，很是精巧，故此鸟又称女匠、巧妇、工爵。大多留居华北一带，也有迁徙到华南越冬的。

正如"肇允彼桃虫，拼飞维鸟"，《诗经》最终能够成为中国文化甚至世界文明的大经大典，自然离不开这许许多多小动物的加盟。我们在感谢先秦诗人给人类留下宝贵遗产的同时，千万别忘了也要向它们致以最真挚的敬意！

诗经名物志

四灵

《礼运》是《礼记》中的一篇，大约是战国末年儒家学者的著作，其中有一段冠名为"孔子曰"的话：

> 圣人作则，必以天地为本，以阴阳为端，以四时为柄，以日星为纪，月以为量，鬼神以为徒，五行以为质，礼义以为器，人情以为田，四灵以为畜……四灵以为畜，故饮食有由也。
>
> 何谓四灵？麟、凤、龟、龙，谓之四灵。故龙以为畜，故鱼鲔不淰；凤以为畜，故鸟不狪；麟以为畜，故兽不狘；龟以为畜，故人情不失。

"四灵"与"鬼神"并列，可见这个"灵"字不能再重复地按照北宋陈彭年、丘雍《广韵·青韵》训为"神也"；既然养了龙、凤、麟可以使鱼、鸟、兽不惊不逃供人饮食之用，"灵"字自然应从《玉篇·玉部》训为"祐"，或从《广雅·释言》训为"福也"（参看《汉书·董仲舒传》"受天之祐，享鬼神之灵"。"受天之祐"意即《诗经》"受天之祜"）。汉郑玄《郑笺》训《鄘风·定之方中》"灵雨既零"之灵为"善也"，四灵也可依此解释为四种灵

肆
《诗经》里的动物

畜、四种美好的动物。鱼、鸟、兽可以受龙、凤、麟之祐，人可以享龟之福，难道还不美好吗？龟是生物界中真实存在的动物，与之相提并论的龙、凤、麟也应该是真实的，并非秦汉以后所谓神异的灵物或虚构之物。不然圣人怎能以之为畜？西汉戴德《大戴礼记·曾子天圆》又怎会同日而语"毛虫（"虫"在此处略侔于"动物"——作者按）之精者曰麟，羽虫之精者曰凤，介虫之精者曰龟，鳞虫之精者曰龙，倮（即西汉扬雄《太玄》"类为其裸"之裸，范望注："裸，为无鳞、甲、毛、羽，人为之长也"——作者按）之精者曰圣人"（又见西汉戴德《大戴礼记·易本命》篇）？

在商周甲骨文中不仅有见龙、祭龙，甚至还有狩猎获龙的卜辞。甲骨文、金文里的"龙"字虽有字形上的种种差异，但和同时期青铜器上龙的纹饰一样，基本上也可以分为无足与有足两大类型。无足型龙与蛇的形象极为近似，只是比普通的蛇头顶上多了一个"角"或"冠"；有足型龙与鳄、蜥蜴的形象极为近似，也只是多了一个"冠"或"角"。

古籍中也不乏这两种类型龙的对应性描述，先看无足型：

《孟子·滕文公》上："当尧之时，水逆行，氾滥于中国，龙蛇居之。"

《左传·襄公二十一年》："深山大泽，实生龙蛇。"

《十翼·系辞传》下："龙蛇之蛰，以存身也。"

《史记·外戚世家》褚少孙引《传》："蛇

化为龙，不变其文。"

《玉壶清话》卷七引唐陆裎《续水经》：
"蛇雉遗卵于地，千年而生蛟龙属。"

《梦溪笔谈》卷二十《神奇》：彭蠡小龙
"常游舟楫间，与常蛇无辨，但蛇行必蜿蜒，而此
乃直行，江人常以此辨之"（清李宗孔《宋稗类
钞》卷八《鸟兽》首条因之。2007年6月2日《华西
都市报》转述戈登·霍尔姆斯的话说尼斯湖水怪
"有着像蛇那样柔软的身体"，"而且游动路线相
当直"）。

"龙蛇"并举，是因为它俩太相似、太容易混淆，今天
我们口头还常说"龙蛇混杂"，民间仍把蛇称作龙、小龙、
老龙甚至龙王（参看《民间文艺季刊》总第27期《奉化龙俗
调查》）。而普通柬埔寨人分辨蛇与龙，会看它有没有牙
齿，有一整排像人牙的就是龙。

再看有足型：

《淮南子·精神》：禹"视龙犹蝘蜓，颜色
不变，龙乃弭耳掉尾而逃"（高诱注："蝘蜓，蜥
蜴也，或曰守宫，东方朔射覆对武帝曰'谓为龙无
有角，谓为蛇而有足，駼駼脉脉喜缘壁，非守宫即
蜥蜴'是也。"此谜语《汉书·东方朔传》引作：
"臣以为龙又无角，谓之为蛇又有足，跂跂脉脉善
缘壁，是非守宫即蜥蜴"）。

《戎幕杂记》：“茅山龙池中，其龙如蜥蜴而五色。贞观中敕取龙子以观，御制歌送归，黄冠之徒竟诧其神。李德裕恐其惑世，尝捕而脯之。龙亦竟不能神也。”

《本草拾遗》：鼍“形如龙大……既是龙类”。

《铁围山丛谈》卷六：“一日昧爽，小龙者出运纲之船尾，有舵工之妇不识也，谓是蜥蜴。”

《真腊风土记·鱼龙》：“鳄鱼大者如船，有四脚，绝类龙，特无角耳。”

《聊斋志异》卷二《猪婆龙》：“形似龙而短，能横飞，常出沿江岸，扑食鹅鸭。”

《说文解字》认为“蝘，在壁曰蝘蜓，在草曰蜥易”，现代生物学之蝘蜓指蜥蜴类石龙子科的一种卵胎生爬行动物“铜石龙子”。《本草纲目》记载蜥蜴的别名有“石龙子”等，民间又把石龙子叫作“四脚蛇”。

龙在《诗经》中仅以定语的形式出现，如《秦风·小戎》之“龙盾”、《周颂·载见》与《鲁颂·閟宫》及《商颂·玄鸟》之“龙旂”，是说盾上、旗上饰有龙形，应该跟同时期青铜器上的龙形别无二致，除有装饰效果外，还寓含着神圣、威严诸义。《礼记·曲礼》上孔颖达疏即云：行军时使用左青龙右白虎之旗是为了“军之左右生杀变应，威猛如龙虎也”。龙形还被用来点缀衣服，《豳风·九罭》中的“衮衣”、《大雅·韩奕》中的“玄衮”指的都是“画龙于衣"(《礼记·玉藻》孔颖达疏)供公侯穿着，《大雅·烝民》之"衮"则为天子祭祀先王时所穿的卷龙衣，二者的区别是，"天子画升龙于衣上，公但画降龙"(《九罭》陆德明释文)。

《郑风·山有扶苏》倒是有一句"隰有游龙"，不过参照上下文语境来看，这个龙是"荭"的假借字，即宋人翁元龙《水龙吟·雪霁登吴山见沧阁，闻城中萧鼓声》"宫柳招莺，水荭飘雁"之水荭，又名水红、红蓼，系一年生高大草本蓼科植物。方玉润引张子曰荭草"着土处便有根如龙也"，视"游龙"为名词兼喻辞，并无大碍。而《小雅·蓼萧》"为龙为光"(龙光二字亦可连用，宋薛尚功《历代钟鼎彝器款识法帖》卷七《迟父钟》"不显龙光"即其例也)、《周颂·酌》"我龙受之"、《商颂》"何天之龙"(意即《十翼·象传》"承天宠也")之龙则是"宠"的假借字，不仅《毛传》《郑笺》如是说，《史记·仲尼弟子列传》"公孙龙"《孔子家语·七十二弟子解》作"公孙宠"，周代青铜器《迟父钟》铭文、湖南长沙马王堆汉墓帛书甲本《老子》等也写"宠"为"龙"。

看来，想通过阅读《诗经》来了解龙性是不可能了，不过我们可以向与《诗经》写作时间相重合的《周易》(对于《周易》的写作时间，大概可分为殷末、西周初、西周末、战国初四种说法)求助：

潜龙……见龙在田……或跃在渊(《乾》)。
龙战于野，其血玄黄(《坤》)。

龙跟蛇、鳄之类一样可以水陆两栖，有冬眠习惯，即所谓"潜"（藏也），《孔子家语》讲得更明确："龙，夏食而冬蛰。"（参看西汉刘安《淮南子·地形》）

《左传》中还载有这样一件事：

鲁昭公二十九年（前513）"秋，龙见于绛郊"。晋国国都（故地在今山西侯马东北）郊外出现了龙，这在当时显然有点稀罕。连执政者魏献子听说了此事后，都要去请教以博学多识见称的史官蔡墨："我听说虫类没有比龙更聪明的了，因为它不能被活捉。真的是这样吗？"

蔡墨答道："是今人不够聪明，而不是龙太过聪明。古者畜龙，故国有豢龙氏、有御龙氏。"

"是二氏者，吾亦闻之，而不知其故。是何谓也？"

"昔有飂叔安，有裔子曰董父，实甚好龙，能投合龙的嗜好、欲望以饲养它们。龙多归之，他于是开始专职养龙以服事帝舜。帝赐之姓曰董、氏曰豢龙。到了夏朝，又有个刘累，曾学养龙术于豢龙氏，他帮孔甲养了两雄两雌四条龙，分别来自黄河与汉水。孔甲嘉之，赐氏曰御龙。嗣后一条雌龙死了，刘累悄悄将其制成肉酱拿给孔甲吃。不料孔甲吃上了瘾，不久又想要。刘累畏惧纸包不住火，便迁到了鲁县，从此隐姓埋名。"

"今何故无之？"

"大凡万物都有管理它的官员，官员又有一套管理方法，每天便能尽职尽责。一旦失职，则死及之。龙，水物也，如今不再设置水官，所以龙才偶尔散见于野外，成了稀奇之物。"蔡墨接着引出《周易》爻辞，说明古人"若不朝

诗经名物志

夕见，谁能物之？"在西周时期，龙还是比较常见的动物，到了春秋之际则难逢难遇了。

参证古籍，考察今世，我发觉先秦所描述的龙与今天的爬行纲有鳞亚纲蜥蜴目的动物除了都能两栖之外，还有许多相似的地方，达到了惊人的程度：龙有足或无足，蜥蜴有具四肢或前、后肢全缺的（如蛇蜥，头部似蜥蜴，躯体与蛇无异，四肢退化，仅在体内留存肢带的痕迹）；龙有鳞，蜥蜴体表被角质鳞；龙有角或冠（后被神化为"尺木"），双脊冠蜥、雄性尖嘴变色龙头上也有角或冠（用于战斗和防卫）；龙"被五色而游"（《管子·水地》），雄性变色蜥能将它的伪装颜色由暗绿色变成鲜红色（把其他的雄性吓走）；龙"能细能巨，能短能长"（《说文解字》），有些蜥蜴会让自己看起来比实际大（好吓走敌人），有些则蜷起来让自己看起来更小；龙能飞（《韩非子·难事》引《慎子》曰"飞龙乘云"，略有夸饰），飞蜥科有300种之多。到了汉代，龙才被人神化为"角似鹿，头似驼，眼似兔，项似蛇，腹似蜃，鳞似鱼，爪似鹰，掌似虎，耳似牛"（宋罗愿《尔雅翼》卷二八引王符说）的"九不像"（新浪微博的"齐谐君"认为："东汉王充称当时画龙之状马首蛇尾，宋人罗愿于《尔雅翼》中引用王说（误作王符），后又提到九似，后世学者看书不仔细，结果给说成了王充提出九似"）。

至于龙绝没绝种，现在还不是下结论的时候，要知道天下事无奇不有，人们所认知的动物还很有限。曾被众多专家、学者认为是虚构的一颈双头蛇当代不是屡有发现

（例见1991年7月15日《北京晚报·日照市发现双头蛇》、1997年11月16日《成都晚报·山东莱州发现罕见的双头蛇》、2006年9月18日《大河报·村民发现双头蛇 专家称疑为基因变异所致》、2006年11月16日《成都商报·峨眉山下惊现双头蛇》、2009年10月24日《 东方今报·禹州发现罕见双头蛇》）吗？我们完全有理由、有信心期待龙被重新发现、被再次鉴定的那一天的到来！即使当我们确知龙已然绝了种，也不必伤怀，毕竟祖先曾经见识过，用文字、图画等多种方式记录过。富不丢书，穷不丢猪，家就不会破，国就不会亡。国家曾经拥有龙，就是皇天后土赐予的一种莫大的荣宠，我将始终为之而自豪！

综上所述，先秦人们用"龙"指称的就是一种蜥蜴，兴许就是现代蛇蜥或某种变色龙的祖宗，《诗经》称蜥蜴为"蜴"，许慎则写作"蜥易"或"易"，《易》开篇就涉及"龙"，这之间应该有着某种不为今人所知的关联。

跟龙相仿，凤也有冠。今本《大雅·卷阿》称凤为"凤凰"（《毛传》本为"皇"，传写"皇"为"凰"是南北朝以后的事，《孟子》《荀子》《论衡》等著作仿此）：

凤凰于飞，
翙翙其羽，
亦集爰止。
蔼蔼王多吉士，
维君子使，
媚于天子。

凤凰于飞，

翙翙其羽，

亦傅于天。

蔼蔼王多吉人，

维君子命，

媚于庶人。

凤凰鸣矣，

于彼高冈。

梧桐生矣，

于彼朝阳。

菶菶萋萋，

雝雝喈喈。

　　诗人所见凤凰也是自然界中实有之物，它的飞、集、
鸣也是可以耳闻目睹的实景，所以诗人要移用写别种鸟
雀的词藻"亦集爰止""亦傅于天"（又见《小雅·菀
柳》）、"喈喈"之类来描状凤凰，并以之兴起、比喻、
揄扬周王所拥有的"吉士"或"吉人"。《尚书·君奭》
蔡沈注："周方隆盛，鸣凤在郊，《卷阿》'鸣于高冈'
者乃咏其实。""高冈"指的大概是周族的发祥地岐山
（在今陕西岐山县东北），据《国语·周语》上及纬书
《河图括地象》，"周之兴也，鸑鷟鸣于山上，时人亦谓
此山凤凰堆"（宋乐史《太平寰宇记》卷三〇引），这等
于是认同鸑鷟就是凤凰。而许慎则比较审慎，他说"鸑鷟

，凤属神鸟也……似凫而大，赤目"，认为鹭鸶只是凤属之一。在许慎生活的时代，凤已经被神化为"鸿前麐后，蛇颈鱼尾，鹳颡鸳思，龙文虎背，燕颔鸡喙，五色备举（《说文解字》。西汉韩婴《韩诗外传》作"龟背"，《广雅》作"鸡头"）的"灵鸟、仁瑞"（《毛传》）了，与周人所谓"凤凰"完全是两码子事。

甲骨文"凤"字与"龙"字部分相似，就是头上都有"干"形物（详见四川辞书出版社1996年版《汉语大字典》简编本第2060、2141页），商承祚以为是凤冠，非常正确。有人想当然地说是什么斧类兵器、宰杀工具或天文仪器（圭表），简直荒谬至极不值一驳。在《左传·昭公十七年》中，凤与鸠、燕等凡鸟并提，显然也不是什么怪模怪样的神鸟；杜预注曰"凤鸟知天时"，所以少皞"名历正之官"为"凤鸟氏"；燕子春分来，秋分去，也是知天时的表现，所以"玄鸟氏"等被称作"历正之属官"。现代甚至有学者无视《左传》"凤鸟"与"玄鸟"并列、《诗经》"燕燕"与"凤凰"分写的现实，直接武断古人难逢难遇的凤凰就是如今飞入寻常百姓家的燕子，真令人哭笑不得。

同为汉人的刘向在其《孝子传》中记载了这样一个奇怪的梦，或许有助于我们探索凤凰的真相：

> 舜父夜卧，梦见一凤皇，自名为鸡，口衔米以哺。己，言鸡为子孙，视之是凤皇。《黄帝梦书》言之，此子孙当有贵者（唐释道世《法苑珠林》卷四九引）。

这个贵后来就应在了舜的身上。舜的每只眼睛据说都有两个瞳仁，因此人们又叫他"重华"。这使我联想到东晋王嘉《拾遗记》卷一所谓"尧在位七十年，有秪支之国献重明鸟，一名双睛，状如鸡，鸣似凤"，重明与重华完全可以画等号（西汉刘安《淮南子·修务》："舜二瞳子，是谓重明"），皆含双睛即两个瞳仁之意。

问题的关键在于"凤凰自名为鸡"一句，这与甲骨卜辞"甲寅卜，呼鸣网雉，获凤？丙辰，获五"刚好吻合，周初金文《中鼎》也记有"归（馈）生凤于王"。看来凤不仅是一种现实中的鸟，而且还应该是鸡类，难怪传世古籍要讲：

> 黄帝之时，以凤为鸡（三国吴人徐整《正律》）。
>
> 楚人以雉为凤（《尹文子》。参看李白诗"楚人不识凤，重价求山鸡"）。
>
> 蛮商得一凤头，乃飞禽之枯骨也，彩翠夺目，朱冠绀毛，金嘴如生，正类大雄鸡（北宋文莹《湘山野录》）。
>
> 凤凰之冠类鸡头（《乐叶书》）。
>
> 乌凤……颈毛类雄鸡鬈（宋范成大《桂海虞衡志·志禽》）。
>
> 鸡三尺为鹍（《尔雅·释鸟》）；鹍鸡，凤凰之别名（西汉刘安《淮南子·览冥》）。

而民间把孵化过的鸡蛋称"凤凰蛋"，中医把鸡蛋壳内的膜称"凤凰衣"，连从古迄今的餐饮界也不约而同地混称凤与鸡：唐宋套餐"天厨八珍"中的"凤髓"实即锦鸡髓（见元无名氏《馔史》。灌木"锦鸡儿"也叫"飞来凤"），现在仍称鸡爪为"凤爪"，把由蛇、鸡、猫肉制成的名菜称作"龙凤虎三仙肉"。俗谚有云"山鸡变凤凰""鸡窝里飞出金凤凰"，还真有过其事，如山东省牟平县解甲庄乡刘家华村村民徐开淑前些年饲养的一只母鸡，脸色逐渐由黄变红，头上的一撮浅黄色绒毛逐步变成紫红色长羽毛，全身毛色也由深褐色变成红绿间杂，尾羽也变长了，远远看去，俨然图画上美丽夺目的凤凰。

《尚书》称"凤皇司晨鸣"，《卷阿》咏"凤凰鸣矣……于彼朝阳"，这又何尝不是鸡的行径？如《诗经》与科学常识所述，雄雉和雄家鸡一样能打鸣司晨。但凤凰不一定是家鸡，因为家鸡早已丧失了"亦傅于天"的能力。凤凰有可能就是现代原鸡的先辈，其雄性至今尚有缤纷漂亮的尾羽，飞行能力依然较强。西汉李陵点化《诗经》之语，反其意而用之曰"凤凰鸣高岗，其翼不好飞"，又仿佛是在描写家鸡。

在甲骨卜辞"凤"与《诗经》"凤凰"之间，应该还有一个凤是凤、凰是凰的阶段。被传为夏禹九州游记的《山海经》里有一篇《大荒西经》，其中有这样一句：

> 有五采鸟三名：一曰皇鸟，一曰鸾鸟，一曰凤鸟。

"五采"即五彩，就是"五色"的意思。莫非皇的形状容易和凤相混，故并称"凤皇"，后又为了与皇帝之皇区别，便加了个偏旁改成了"凤凰"？《说文解字》说鸾"赤色，五采，鸡形……周成王时氐羌献鸾鸟"，看来皇也许是"黄色，五采，鸡形"之鸟，故《尔雅》谓之"皇，黄鸟"。晚于《大荒西经》的《山海经·海外西经》已将三鸟重排了座次："凤、皇、鸾鸟。"多数注家将其标点为"凤皇、鸾鸟"。

　　《山海经·南山经》云丹穴之山"有鸟焉，其状如鸡，五采而文，名曰凤皇，首文曰德，翼文曰义，背文曰礼，膺文曰仁，腹文曰信。是鸟也，饮食自然，自歌自舞，见则天下安宁"已有神话倾向，写作时间更在《海外西经》之后，郭璞注"庄周说凤文字与此有异"，因为晋代所流传的《庄子》里面尚有这样一段托名"老子曰"的话：

　　　　吾闻南方有鸟，其名为凤，所居积石千里……凤鸟之文——戴"圣"，婴"仁"，右"智"，左"贤"（唐欧阳询等《艺文类聚》卷九〇、宋李昉等编《太平御览》卷九一五引）。

　　这段佚文跟《逍遥游》"鲲鹏"云云遥相呼应，间接粉碎了"凤、朋、鹏篆本一字，隶分为三"（清平步青《霞外捃屑·规杜持平》）之说。这种谬论发端于许慎，经纪晓岚阐扬而后炽，几乎成了定案，显然是对这段重要佚文的置若罔闻与亵渎。

肆
《诗经》里的动物

神化后的凤跟有"五德"的鸡一样，成了儒家思想（附会为"凤鸟之文"）的代言者，连形象也渐渐趋于四灵合一，所谓"麕后""龙文""龟背"即是。《玉篇》谓麕乃"麟"的重文（即异体字），我非常赞同。《说文解字》则认为"麕，牝麒也"，"麒，仁兽也。麕身，牛尾，一角"，麒是公的，麕是母的，二者同为一种，而"麟，大牝鹿"（小徐本作"大牡鹿"）。南朝梁萧统《文选·东京赋》薛综注"大鹿曰麟"，我也认为麟当是大鹿的通称，牡、牝都可以称为麟，《说文解字》之"牝"或"牡"乃衍文。甲骨卜辞中已有此字，指有斑纹之鹿，并无一角之状。

《逸周书》记"规规以麟"，规规指西部戎族，《春秋》记鲁哀公"十有四年春，西狩获麟"，这说明在春秋时代及以前麟仍是现实可见的动物。早于《春秋》的《周南》之麟亦然，其压轴之作《麟之趾》咏道：

麟之趾，
振振公子。
于嗟麟兮！

麟之定，
振振公姓，
于嗟麟兮！

麟之角，
振振公族。

于嗟麟兮！

那麟究竟是什么鹿呢？有人根据鲁哀公十四年（前481）的《公羊传》"有麕而角者"，认为此诗之麟即《召南·野有死麕》之麕、《说文解字·鹿部》之麟，缓读即为"麒麟"二字，也就是我们所说的獐子，例如东汉著名的反迷信斗士王充一再肯定"鲁人得戴角之獐，谓之骐骥"、"常有之物也，行迈鲁泽之中，鲁国见其物遭获之也"（《论衡·讲瑞、指瑞》）。骐同麟，商代卜辞将"麟"与"驳、驳"并列，秦丞相赵高"指鹿为马"，明《异物图志》之"福鹿"实即斑马，清刘献廷《广阳杂记》卷一引明李长卿《松霞馆赘言》谓"麕、鹿，马类也"，清王士禛《池北偶谈》卷二一："《王会图》又有俞人之虽马。注：虽马一角，大者曰麟"，两者在外形上确有一定的相似度；麒麟在英语中的对应词是独角兽（unicorn），《企鹅英语辞典》也将其解释为想象中前额有一只角的马（imaginary horse with one horn in the middle of its forehead）。

然而通观《诗经》，马、麟、麕各是各，如雉、鸡、凤凰互不相干一样，麟应该也别有所指。唐龙朔三年（663），"麟见于介山"（《旧唐书》）。前蜀武成三年（910），"麟见壁州"（《新五代史》）；前蜀永平二年（912），"麟见壁山，有二鹿随之（明曹学佺《蜀中名胜记》以为永平三年（913）——作者按），土人逐迹不见"。明永乐二年（1404），"麟出没于壁山"（《通江县志》）；永乐十三年（1415），侯显出使榜葛刺（今称孟加拉），"其王赛佛丁遣使贡麒麒"（《明史》。参看三联书店1973年版张铁生《中非交通史初探》第7页注2）；永乐十五年（1417），郑和"统领舟师往西域。……阿丹（今称亚丁——作者按）国进麒麟，番名祖剌法"（明钱谷《吴都文粹续集》第二十八《道观》载录《娄东刘家港天妃宫石刻通番事迹记》）；明谢肇淛《五杂俎》还透露："永乐中，获麟，命工图画，传赐大臣，其身全似鹿，但颈甚长"。数年后的正统年间：

> 在朝每燕享，廷中陈百兽。近陛之东西二兽，东称麒麟，身似鹿，灰色微有纹，颈特长，殆将二丈，望之如植竿，其首亦大概如羊（祝允明《野记》卷四）。

"祖剌法"是阿拉伯语"长颈鹿"一词的音译，"西班牙语曰"其拉发"（音近长颈鹿的拉丁学名Giraffa——作者按），音亦与麒麟相似"（章鸿钊《三灵解》）。所不同的是，先秦时所获麟全是中国的土产，而明时所获麟多半舶来自海外（参看明费信《星槎胜览》卷四《天方国》）。

古生物学家研究认为，长颈鹿起源于亚洲。特别是中国和印度的一些地方，从两千多万年至二三百万年前，曾经生活着长颈鹿的祖先，不过颈和腿没有现在这么长。后来，由于生态环境和气候的变化，食物缺乏，脖子短一点的长颈鹿因为够不着高树之叶而相继饿死，脖子较长的则顽强地生存下来。这样，长颈鹿的分布范围便逐渐缩小到东非和南非一带，成了世界上身体最高的珍奇动物。

长颈鹿也有"角"，即其前额那块突出的坚硬骨瘤，晃动起来犹如一个大铁锤，足以砸死大羚羊，和它那铁扫帚似的长腿（可以踢倒狮子）一样，也是很厉害的自卫武器。至于宣称"麟角之末有肉，示有武而不用"，乃是统治阶层为标榜明王盛世而依照"獐有牙而不能噬，鹿有角而不能触"（晋崔豹《古今注》）之类的错误观点发明的臆说。上行之，下效之，于是连严肃的学者们也随声附和道："麟者，仁兽也，有王者则至，无王者则不至"（《公羊传》）；"行中规矩，游必择地，详而后处……王者至仁则出"（陆玑疏）。更有甚者，说在所有动物之中，只有麟不用足（趾）、额（定）、角去伤害其他动物或植物，如《宋书》"不践生虫，不折生草"，翻成佛家的话就是"走路恐伤蝼蚁命"（参看《西游记》"扫地恐伤蝼蚁命"、清周安士《安士全书·文昌帝君阴骘文广义节录》"举步常看虫蚁"、俗话"走路都生怕踩死了蚂蚁"），更甭提用足踢人、用额抵人、用角触人了（如《毛传》《诗缉》等）。此即最让古人津津乐道的"仁"。最后，连平头百姓皆知麟是个灵兽，诚如唐韩愈《获麟解》所谓："麟之为灵昭昭也，咏于《诗》，书于《春秋》，杂出于传记、百家之书，虽妇人小子皆知其为祥也。"拿仁兽与仁人一配合，就诞生了《拾遗记》孔子"生之夕有麟吐玉书于阙里人家"、《公羊传》孔子遇麟而"涕沾袍"的奇美故事。而故事的寓意不外乎无王不至、"有道则现"之类，麟简直成了世道的晴雨表、圣或王的嘉瑞。

在《麟之趾》一诗中，麟的仁厚则直接被借来比况、歌颂"公子""公姓""公族"的仁厚。后世以"麟趾呈祥""振振麟趾"等等作为祝词，即源出于此。还是有若说得好："麒麟之于走兽，凤凰之于飞鸟……类也"（《孟子·公孙丑》上）；王充反问得也妙：凤、麟"都与鸟、兽同一类，体色诡耳，安得异种？"（《论衡·讲瑞》）《诗经》时代所谓麟虽已被附会为仁兽，但它毕竟还是凡间真实存在的生灵，不像在《宋书·符瑞志》、南朝宋何法盛《晋中兴征祥记》等书内已摇身变成了神兽。

别看龟为何物从没什么大的争议，但它也有一个超凡入神的过程。

龟是爬行纲龟科动物，身体长圆而扁，背腹皆具硬甲，背部隆起，四肢较短，趾间有蹼，头尾和四肢可缩入甲壳内。多生活于水边，生命力强，耐饥渴，寿命可至百岁以上甚至三百岁左右。科学家们从细胞学、解剖学、生理学等方面研究发现，龟细胞繁殖代数较多、心脏机能较强、新陈代谢较慢和行动迟缓、耐旱耐饿等特性都跟它的长寿有着直接关系。司马迁曾游历南方看见长江畔的人家"常畜龟饮食之，以为能导引致气、有益于助衰养老"（《史记·龟策列传》），先民希望吃了长寿的龟后也能长寿。

然而只要人的政教行为不断，龟的长寿对它自己并不见得是件好事，所谓"自古圣王将建国受命、兴动事业，何尝不宝卜筮以助善……王者决定诸疑，参以卜筮，断以蓍龟，不易之道也"（《史记·龟策列传》），龟寿则甲大，龟甲常被用作占卜的材料，故三国谯周《巴蜀异物志》谓之

诗经名物志

"其甲可以卜"。"蓍龟"之龟与《小旻》"我龟既厌"、《绵》"爰契我龟"、《文王有声》"维龟正之"之龟都是指这种特殊用途的龟甲，龟甲是龟身的屏障，甲既不存，自然就没命短寿了。

诗云"我龟既厌，不我告犹"，是何道理呢？连家中奴婢都爱读书引《诗》（详见《世说新语·文学》）的名儒郑玄解释道："犹，图也。卜筮数而渎龟，龟灵厌之，不复告其所图之吉凶。"龟灵之说明显是受了《礼运》的影响，那我们又拿《礼记》来阐明诗义好了。《礼记·少仪》曰"不贰问"，也是说灼龟甲卜问吉凶不能因为兆不好就一卜再卜、一问再问，否则"我龟既厌，不我告犹"。所以《小旻》接着写"谋夫孔多，是用不集"，问灵不果便求人，但人多嘴杂，终也无成，这大概是在讲周幽王不听良策而惑于邪谋的混乱情形吧。

《管子》说龙"被五色而游，故神"，我们完全可以说龟因寿而神，所以龟有"灵寿子"（宋陶穀《清异录》）的美名。《庄子·秋水》载"楚有神龟，死已三千岁矣"，比"寿二千岁"（《抱朴子·对俗》）的神麟还长寿。"神龟虽寿，犹有竟时"（东汉曹操《步出夏门行》），然而终究还是远远超过了短促的人生。在古人眼中，龟虽死犹神，仍能传达上天（神）关于吉凶祸福的兆示，帮助人类决定未来的行为，所谓使"人情不失"。

许慎不知龟"腹甲曲折解，能自张闭，好食蛇"（《尔雅·释鱼》"摄龟"郭璞注。参看北宋沈括《梦溪忘怀录·养龟》），"见蛇则呷而食之"（唐苏恭《唐本草》），只看见龟头与蛇头相似，便信口开河龟、鳖之类"天地之性，广肩无雄"，而以蛇为雄。失察的后人又因之讲什么"龟与蛇交曰玄武"（唐李善《文选注》）或"似龟而黑色，常负蛇而行，北方神兽"（《瑞应图·玄武》。此为敦煌发现的古卷，其中龟类有三，曰"灵龟""玄武""玉龟"）或"千岁之龟，五色具焉，其额上两骨起似角，解人之言，浮于莲叶之上，或在众著之下，其上时有白云蟠蛇"（《抱朴子·对俗》引《玉策记》）或"龟者神异之介虫也，玄彩五色，上隆象天，下平象地，生三百岁，游于蕖叶之上，三千岁尚在蓍丛之下，明吉凶，不偏不党，唯义是从"（唐欧阳询等《艺文类聚》引《孙氏瑞应图》），愈传愈讹，愈传愈神，龟从神的信使（除了被用来占卜传达神意之外，龟还真当过神使，如《庄子·大宗师》释文引崔譔云：《大荒经》曰"北海之神，名曰禺强，灵龟为之使"）一跃而成为神本身。北方之神名叫"玄冥"，龟可谓他的动物化身。其实，冥、玄意为乌、黑，是龟甲之色；龟甲之状酷似武士的铠甲（宋范成大《桂海虞衡志·志器》："蛮甲惟大理国最工，甲胄皆用象皮，胸背各一大片如龟壳"），所以叫武。或许可以这样推断：玄武实即神化后的摄龟。

爬得高，跌得重。古人也因误会"龟不能性交，纵牝者与蛇交"，而以"妻之外淫者目其夫为乌龟"（清翟灏《通俗编·直言补正》），俗称"戴绿帽子者"，元末明初"缩头龟"（元陶宗仪《南村辍耕录》金方所诗语）已然沦为骂人辱人的秽语脏话了（清王士禛《池北偶谈》卷二二：

"汉、唐、宋已来，取龟字命名者不可胜纪，至明遂以为讳"）。这样一恶性发展，龟便从九天之上摔进了市井之中，从莲叶之上跌到了窨盖之下，由灵物转为卑物了。

总之，《诗经》所写的四灵都是现实中的动物，诗人用为意象来对应良好的情感。而先秦以后被神化的四灵身上则投射了国人的诸多崇拜习俗和信仰观念：龙、凤、麟本就有角，古人仍要不惮烦地点明提醒，而无角的龟也硬被形容成"额上两骨起似角"，这无疑是原始人类角崇拜（大汶口文化遗址中曾发现成组埋牛角的现象，印第安人易洛魁氏族以头上戴角作为酋长就职的象征）的遗风；说龙、凤、龟皆有五色或五彩，又何尝不是五行学说形而下的反映（汉无名氏《礼纬·稽命征》"五灵配五行：龙，木也；凤，火也；麟，土也；白虎，金也；神龟，水也"更进了一步）呢？鼓吹圣人生，盛世现，有凤来仪，神龟负文而出，麟设武备而不为害，诸如此类不也符合饱经战乱、压迫之苦的人们渴望和平、安宁的美好愿望吗？龟曾为神使，甲骨卜辞说"于帝史凤"（郭沫若《卜辞通纂》曰："盖视凤为天帝之使"），这跟龙被人豢、被人御一样，无一不是古人发挥主观能动性征服动物、战胜自然的表征，正所谓"四灵以为畜，故饮食有由也"。

《诗经》里的疑似动物

委蛇 《召南·羔羊》"委蛇委蛇"(一本作"委虵委虵",一本作"逶迤逶迤")与《魏风》"硕鼠硕鼠"的句式相仿,可视为"无情对"(参看清褚人获《重刻褚石农坚瓠集》卷一《各省地讳》、清惠栋《九曜斋笔记》卷三《清十三省号》)。硕鼠是鼠,那么委蛇会不会是蛇呢?大约在《诗经》之前若干年,委蛇就是一种蛇,即《山海经·大荒南经》之"委维"(和它前后并列的都是各种动物),而非《海内经》之"延维"或《庄子·达生》之"委蛇",因为文中已明言此二者是"神"或"鬼"。后因蛇有斜行、纤曲、盘结诸态,委蛇遂一变而为相应的形容词,《小雅·四牡》写作"倭迟"(一本作"威夷"),又叠为"委委佗佗"(见《鄘风·君子偕老》),唐韩愈《南海神广利王庙碑》写作"蜿蜿虵虵"。参看《毛诗传笺通释》卷三《羔羊》、宋洪迈《容斋五笔》卷九《委蛇字之变》、《辞通》卷八"委佗"条)。略晚于《诗经》的《楚辞·远游》"玄螭虫象并出进兮,形蟉虬而逶蛇"(战国屈原《九章·悲回风》写作"委移")还靠近辞源以之形容动物,《羔羊》《君子偕老》已扩而充之移用来写人了。

诗经名物志

蝃蝀　《鄘风》云"蝃蝀在东，莫之敢指"，蝃蝀大概得名于啜东，"其见每于日在西而见于东，啜饮东方之水气也"（《释名·释天》。参看《甲骨文合集》10405、13442片），即《说文解字·虫部》之"螮蝀"，也就是虹，因其"状似虫"，故"从虫"。彩虹能跟什么虫相似呢？从甲金文看，虹像首尾双头蛇（即爬行纲游蛇科之两头蛇，其尾圆钝，有与颈部相同的黄色斑纹，乍看很像头，而且有与头部相同的习性。参看唐刘恂《岭表录异》卷下"两头蛇"条）；从麼些（摩梭）文看，虹之首尾皆作驴头之状（宋黄休复《茅亭客话》："其虹蜺首似驴，身若晴霞状"）。"莫之敢指"是"莫敢指之"的倒装，是古人用自己的想象来吓唬自己。仿佛指了虹，它就会张嘴啮掉人的手。这种心理与"一朝被蛇咬，十年怕井绳"如出一辙。不少民族都有禁止用手指虹的禁忌，否则手会烂掉或者老了会驼背；傈僳族认为虹是龙的化身（河南唐河县针织厂汉墓画像石上长虹的两端即各刻一龙首），不许对虹指手画脚。

籧篨、戚施　《邶风·新台》讲的是女（男）子本想选个如意郎（娘），却挑了个丑汉（姑）。诗用"鱼网之设，鸿则离之（意即《周易·小过》"飞鸟离之——作者按"）比喻事与愿违。有学者却自作聪明，认为鸿不够丑，便将其解释为虾蟆（详见闻一多《诗新台鸿字说》），这是把《新台》抽离《诗经》语境而后做出的臆断（别篇"鸿"字皆不作虾蟆解，为何此篇独然？另，《诗经》鱼、鸟并提的现象极其普遍）。"燕婉之求，籧篨不鲜""燕婉之求，得此戚施"等句则是直抒胸臆，"籧篨，不能俯，疾之丑者也。盖籧篨本竹席之名，人或编之以为囷，其状如人拥肿而不能俯者，故又因以名此疾也"，就是鸠胸；"戚施不能仰，亦丑疾也"（宋朱熹《诗集传》。参看西汉刘安《淮南子·本经》"若簟籧篨"高诱注"籧篨，苇蓆"、唐段公路《北户录·红藤簟》、《国语·晋语》四"籧篨不可使俯，戚施不能使仰"），就是驼背。本想求"燕婉"（美好）之爱人，却得来这鸠胸、驼背，就像下网为了拿鱼，却套了只水鸟（鸿误落鱼网中）。有人却觉着光训鸿为虾蟆还不过瘾，又把籧篨、戚施也当作虾蟆的别称（详见余冠英《诗经选·新台》），完全无视《诗经》通行的体例：四句之章，如果前两句用动物比兴，后两句则直写人、只写人。怎么会第二句才写了"鸿则离之"，第四句又重提"得此戚施"呢？

蜮　古今虫部汉字除了表示哺乳、爬行、两栖、软体、节肢、扁形、线形、环节等类的动物名、与动物有关的语词（如螯、蜿蜒）、族名或地名（如闽、蛮）、天象名（如虹）以外，还可以指称灵物之名，如螭、蜮等等，《小雅·何人斯》就有一句"为鬼为蜮"。许慎认为"蜮，短弧也，似鳖，三足，以气射害人"（今人或解此为"弹涂鱼"，或解此为"金星步甲"），郑玄认为"蜮读为蜮；蜮，虾蟆也"（清段玉裁《说文解字注》第十三篇上），是一种动物；唐人颜师古却说"蜮，魅也"，是一种灵物。遵循《诗经》的另一通例（一句提到两物，一般都是同类或相似之物，如"维熊维罴，维虺维蛇"），我赞同后者。

诗经名物志

蜂　《周颂·小毖》在"桃虫"句之前，还有这样八言："莫予荓蜂，自求辛螫"。陈奂据《毛传》训荓蜂为"扯曳"，据《韩诗》训辛螫为"辛苦之事"，读诗为：莫（人）荓蜂予，（乃予）自求辛螫；意即没人扯引我到那儿去，是我自找苦吃。高亨却认为："荓，借为抨，击也。莫予荓蜂，即予莫荓蜂"，"此二句言：我不要去打蜂，自己招致蜂子的刺螫"，比喻周成王不去讨伐武庚、管蔡等，自己招致祸乱。反复斟酌《小毖》上下文，我还是比较倾向于后者。

《诗经》里的动物

伍

《诗经》里的植物

《诗经》之"茬"全是白苏吗

"茬"字在《诗经》中凡四见，依次如下：

> 茬染柔木，君子树之（《小雅·巧言》）。
> 蓺之茬菽，茬菽旆旆（《大雅·生民》）。
> 茬染柔木，言缗之丝（《大雅·抑》）。

其实只是两个词出现了四次而已，分别为"茬染""茬菽"。

宋朱熹《诗集传》："茬染，柔貌。"这个解释非常精确。"茬染柔木"这个句式同于《周南·关雎》之"窈窕淑女"，窈窕就是淑的样子，茬染就是柔的样子。窈窕和茬染都是联绵词，由两个音节连缀成义，不能拆开来单独阐释。

曾见有人这样注解：

> 茬染，柔软的样子。《诗经·小雅·巧言》："茬染柔木，君子树之。"朱熹集传："茬染，柔貌。"茬，一年生草本植物，茎方形，叶椭圆形，有锯齿，生可吃，气味香，开白色小花，种子通称"苏子"，亦称"白苏"。可榨油；嫩叶可

食。染，豆豉酱。《吕氏春秋》："于是具染而已。"高诱注："染，豉酱也。"

显然前后矛盾，且又不顾及《巧言》上下文。君子所树立栽种的只是柔木，而不是白苏、豉酱和柔木。

何为柔木？毛传："柔木，椅、桐、梓、漆也。"即《鄘风·定之方中》的"椅桐梓漆，爰伐琴瑟"，指可拿来制作琴、瑟等乐器的柔韧性好的木材。"荏染柔木，言缗之丝"，正是在描述这样的制作过程，在柔木上安装弦线，古谓之缗。所以，后世又借柔木指称琴瑟，例如西晋陆机《七徵》："激长歌于丹唇，发铿锵乎柔木。"

由于联绵词的书写形式仅仅是用两个音节表示一个独立的概念，所以其词形往往有两个以上的变体，所谓"一词多形"。转变之一法为"偏旁同化"，指联绵词的一个字形受另一个字形偏旁的影响而变成与之相同的偏旁，于是"荏染"一变而为"荏苒"。晋傅咸《羽扇赋》："体荏苒以轻弱，侔缟素于齐鲁。"元无名氏《瘸李岳诗酒玩江亭》第二折："良辰晓雾浓，美景韶光丽，草茵轻荏苒，则他这桃李任芳菲。"这些荏苒都是荏染的同义词。

再来看"荏菽"。《韩诗》记"荏"作"戎"，因此，《毛传》说："荏菽，戎菽也。"汉郑玄《郑笺》补充道："戎菽，大豆也。"《尔雅·释草》"戎叔谓之荏菽"郝懿行义疏："戎，壬，《释诂》并云大。壬、荏古字通，荏、戎声相转也。"综上所述，可得如下结论：荏菽之荏是个通假字，跟"戎"古音相通，意为大。然观《管子·戒》"北伐山戎，出冬葱与戎叔，布之天下"（冈元凤《毛诗品物图考》卷二节引作"山戎出荏菽，布之天下"，不妥），戎应指山戎，是菽的原产地。《春秋穀梁传·庄公三十一年》之"戎菽"亦然。清程瑶田《九谷考》云"《管子》书'戎叔'或别是一种，非后稷之所树者"，已经发觉了《戒》与《生民》的用词差异。所以《毛诗》作"荏菽"而不取"戎菽"。

有人释《豳风·七月》"禾麻菽麦"之菽为大豆（《鲁颂·閟宫》"菽麦"同此。《广雅·释草》："大豆，菽也"），而释荏菽为黄豆，显然又是不懂《诗经》体例的想当然。"禾麻菽麦"的句式同于上举的"椅桐梓漆"，也是四种植物并列。而《生民》"荏菽旆旆"的下文为"禾役（《说文》引作"禾颖"——作者按）穟穟，麻麦幪幪，瓜瓞唪唪"，乃一组排比句；"荏菽旆旆"和"麻麦幪幪"，"禾役穟穟"和"瓜瓞唪唪"，又互为"扇面对"。既然禾役、瓜瓞均为一物，麻麦为二物，则荏菽似亦应为二物——荏与菽。菽即大豆，荏则为白苏。

陶弘景说："荏状如苏，高硕，白色，不甚香。其子研之，杂米作糜，甚肥美。"（宋人唐慎微《经史证类备急本草》卷第二十七）何为苏？《尔雅·释草》云："苏，桂荏。"桂荏就是紫苏。与之形似的白苏，《诗经》时代则单名一个"荏"字。二者相混，则始于西汉扬雄《方言》："苏亦荏也。关之东西，或谓之苏，或谓之荏。"近有人撰文称"白苏又名荏苒""荏苒就是绿叶的紫苏"，无根据，恐系以讹传讹。

总之，《巧言》《抑》之"荏染"，意为柔韧，是联绵词，也是形容词，"荏"字不可单独解说。而《生民》两处"荏菽"则为白苏和大豆，是并列词，也是名词，"荏"字可以单独解说。

"扶苏"为何物

　　"山有什么，隰有什么"是《诗经》常用的起兴格式，例如《邶风·简兮》"山有榛，隰有苓"；《郑风·山有扶苏》"山有扶苏，隰有荷华""山有桥松，隰有游龙"；《唐风·山有枢》"山有枢，隰有榆""山有栲，隰有杻""山有漆，隰有栗"；《秦风·晨风》"山有苞栎，隰有六驳""山有苞棣，隰有树檖"。

　　榛、苓、荷华、松、龙（茏）、枢、榆、栲、杻、漆、栗、栎、驳（梓榆）、棣、檖，无一不是具体的植物之名，所以，扶苏也不应该例外。

　　扶苏，一说是小木，一说是大木。究竟是什么木，又有以下诸说。

　　一说扶苏即"棣"（见上引），即《召南·何彼襛矣》之"唐棣"，又称"栘"或"栯栘"（详见潘富俊《诗经植物图鉴》）。然又有人分棣、栘为二物："《诗》有'棠棣之华'，逸诗有'唐棣之华'，世人多误以棠棣为唐棣，于兄弟用之，因唐误棠。且棠棣，棣也；唐棣，栘也，栘开而反合者也。此两物不相亲。"（宋宋祁《宋景文公笔记》卷中引"莒公言"。莒公即宋庠；棠棣，清汪灏《御定广群芳谱》引为"常棣"；开而反合，谓树木之花皆先合而后

诗经名物志

开，唐棣之花则先开而后合）按，《何彼襛矣》之"唐棣之华"，敦煌写卷伯2529本作"棠棣之华"。唐开成石经《毛诗诂训传·小雅·常棣》"常棣之华"，唐李善《文选注》引《毛诗》作"棠棣之华"，《韩诗》则作"夫栘之华"。同一逸诗，《论语》引作"唐棣之华"，汉董仲舒《春秋繁露》引作"棠棣之华"。唐棣、棠棣、常棣本一物，以唐、棠、常声相迩，故通用之耳。既能简称"棣"，亦可单名"常"（见《小雅·采薇》），一名夫栘（又写作栟栘，参看唐欧阳询等《艺文类聚》卷八十九"夫栘"条、《本草纲目》木部第三十五卷"栟栘"条）。

一说扶苏即《管子·地员》之"枎"、西汉刘安《淮南子·坠形训》之"扶木"。"此扶木即榑桑，榑桑犹言大桑"（详见清胡承珙《毛诗后笺》卷七）。又云扶苏即《公羊传·宣公六年》之"暴桑"，亦即桑树（详见清马瑞辰《毛诗传笺通释》卷八）。

一说扶苏即槲树，即《召南·野有死麕》之"朴樕"（详见胡淼《〈诗经〉的科学解读》）。又云扶苏"又名朴樕"，朴樕"又名槲樕"（详见袁梅《诗经译注》）。

一说扶苏即荏。"苗似紫苏，茂则相扶而生，故曰扶苏"（详见任乃强《周诗新诠》）。此乃《大雅·生民》之"荏"，即白苏（任氏释荏为亚麻，误）。

综之，扶苏为何物，至少有四说：棠棣，桑，槲，白苏。我认为，《诗经》中，"桑"自"桑"，"扶苏"自"扶苏"，各不相同。在无法确定其实指之物之前，我们不妨直译为"扶苏树"。

《待轩诗记》说"摽有梅"

摽有梅，其实七兮。求我庶士，迨其吉兮。

摽有梅，其实三兮。求我庶士，迨其今兮。

摽有梅，顷筐塈之。求我庶士，迨其谓之。

按《召南·摽有梅》之"摽"，自《毛传》至《说文》，再到闻一多《诗经新义》，皆解为动词。经微信网友拈示，方知明海宁人张次仲《待轩诗记》卷一将其释作名词。今从台湾商务印书馆影印《文渊阁四库全书》节录出相关段落，加上标点，聊为异日参考之券：

兴而赋也。

此父母择婿之词，若以为女子之言，绥绥求匹，奚啻桑濮之艳姬乎？梅之花实在众卉之前，故诗人借以为婚媾及时之兴。

"摽"字，从手，谓落也，此与"有梅"二字意义不合。玩诗，当从木，"摽"乃"標"字之误。標，木杪也。"其实七""其实三"，梅在树杪，以渐而少，始而十分中有其七，继而仅有其三，见物之荣盛不久，男女当及时婚姻也。

"我"，谓我之当嫁者。"求"者，父母之情。"庶"者，未定之谓。"士"者，知礼义之人。"迨"者，几幸之语。"吉"者，年华之富。"今"者，及时之词。"谓"者，媒妁之言。"墍"，取也，从土，谓梅落而取之于地，沾泥涂也。

诗人一见梅少，便生感慨，虽分三章，总是一时意兴，亦是风体如此。若必确言始终则如《桃夭》一诗，自花至叶，更历多时，作诗者当历三月乃成，无此事。

按，张说是也，敦煌写卷伯2529本正作"標有梅"。李光地《诗所》卷一亦云："'摽'与'標'同，谓木末也。"

跋

先将本书命名为《诗经名物志》，然后再翻查文献，发现古代已有《名物志》《诗名物志》之作。"世界虽然据说愈来愈缩小，想还未必容不下两本同名的书。"何况并不完全一致，所以也就爽利地决定用之而不改了。

"名物"一词，在传统语境内，往往跟"异物""博物"等概念纠缠盘结，尤其在众多以《异物志》《博物志》冠名的古籍之中。这种混沌未分的状态，在所谓"博物君子""博物之士""达观博物之客"那里并不成问题，孔子便是个绝佳的例子。有时候，他"不语怪、力、乱、神"，只教人通过《诗经》"多识于鸟兽、草木之名"，亦即《周礼》再三致意的"辨名物"；有时候，他又扮演着"语怪之首"的角色，不假思索地为人诠释各种偶然乍现的"异物"。相传："楚昭王渡江，有物大如斗，直触王舟，止于舟中。昭王大怪之，使聘问孔子。孔子曰：'此名萍实，令剖而食之，惟霸者能获之，此吉祥也。'"这样的故事，毫不罕见，《管子》《庄子》里也有：解说登山之神"俞儿"的管仲，解说泽之鬼"委蛇"的皇子告敖，甚至都表达了和"惟霸者能获之，此吉祥也"意思高度相似的话。

诗
经
名
物
志

其实，《诗经》字里行间不仅夹杂着大量真实的名物，也潜伏着少许虚幻的异物，譬若"鬼蜮"之类。因此，即便视《诗经》为《名物志》《异物志》《博物志》的"众水之源"，照样可以讲得通。

之所以取书名为《诗经名物志》，而非《诗经博物志》，除了向《诗经名物解》（见清张英等《御定渊鉴类函》卷四百四十）等前贤名著致敬以外，我乃是有一点私心的。2016年12月7日，我注册了一个公众号，叫作"诗经名物"。运营它的同时，我一边继续修订《诗经里的那些动物》，一边为纸媒撰写"《诗经》里的器物""《诗经》里的人物""《诗经》里的食物"等专栏。2020年3月25日，我建了一个微信群，也称"诗经名物"。维护它的同时，我开始将《诗经里的那些动物》修订稿的主体内容与"《诗经》里的器物""《诗经》里的人物"两个系列的全部内容，以及首发于《今晚报》的《〈诗经〉动物之谜》、首发于《新经学》辑刊的《"关关"有可能不是鸟叫声》《〈诗经〉之"荏"全是白苏吗》等文编辑在一起，使人物、器物、动物、异物、植物、食物皆有所论列，而《诗经名物志》之总名遂显得更为惬当。

学无止境，假以时日，我还想把本书进行"改扩建"，足成多册，即《诗经名物志》之"动物卷""植物卷""器物卷""人物卷""食物卷"。姑且许愿于此，聊为异日之券。

2022年3月31日定稿于赶秋书巢